# 피땀
# 눈물

망해도
다시
도전한다는
일

# 자영업자

이기혁

# 피땀
# 눈물

# 자영업자
이기혁

# 차례

커피는 원래 아침에 마시는 겁니다

데사유-노<sup>Desayuno</sup>!

1층 부엌에서 마리아 아줌마가 벌써 두 번째 외치고 있다. 나는 아침마다 2층에 있는 작은 하숙방 안에서 이 소리를 기다리곤 했다. '데사유-노'는 스페인어로 '아침밥'이라는 뜻이다. 마리아 아줌마는 늘 '유'를 길게 빼며 발음했고, 혹여나 방 안에서 학생들이 듣지 못할까 봐 큰 소리로 두 번씩 외쳐주었다. 일찌감치 일어나 준비도 다 마치고 기다리던 나는 꼭 두 번째 데사유-노가 울려 퍼진 후에야 문을 열고 나왔다. 그래야 기다린 기색이 없이 어른스러워 보일 것 같았다.

1층 부엌에는 길쭉한 10인용 식탁이 있고, 마리아 아줌마를 포함한 집주인 가족이 저마다 자리를 잡고 앉아 '우리'를 맞이했다. 이곳은 중앙아메리카에 위치한 과테말라의 고도<sup>故都</sup> 안티구아이고, 우리는 안티구아의 스페인어 어학원에 다니는 학생들이다.

안티구아는 아주 작은 도시다. 서울의 동 하나 정

도의 면적에 4만 6천여 명의 사람이 모여 산다. 걸어서 도시 전체를 구경하는 것도 가능한 이 작은 도시에는 예순 개가 넘는 스페인어 어학원이 있다. 그 각각의 스페인 어학원에서는 원하는 학생에게 현지 가족과의 홈스테이도 연결해줬다.

어학원에서는 학교에서처럼 오전과 오후로 나눠 수업을 진행한다. 홈스테이 집에서는 하루 세 끼 식사와 함께 현지인 가족들과 스페인어로 일상적인 대화를 나눌 수 있다. 쉬는 날에는 유네스코 세계유산에도 등재된 아름다운 도시 안티구아 곳곳을 미국인 학생들과 어울려 관광하러 나서기도 한다. 조금 과장되게 들릴지 모르지만 경험한 사람의 입장에선 최고의 교육 시스템이다.

천혜의 자연과 자유로운 도시 분위기 속에서 나는 이곳의 아침밥, 그러니까 데사유-노의 시간을 가장 좋아했다. 더 정확하게 말하면 안티구아에 와서 아침밥 맛에 눈을 떴다. 어려서부터 음식을 가리지 않고 잘 먹는 편이었지만, 주로 야식을 즐겨 먹고 늦잠을 자느라 아침은 빼먹기 일쑤였던 내가 말이다. 그렇다고 아침밥이 별다른 것도 아니었다. 다채로운 점심이나 저녁에 비해 콩과 베이컨, 토르티야 정도로 차려진 아침밥은 소박하고 늘 비슷해서 가끔은 지겹기까지 했다. 하지만 그 자리엔 늘 카페el café, 즉 커피가 있었다. 그렇게 내 인생 최초의 커피는 데사유-노와 함께 시작되었다.

안티구아 사람들은 아침에 늘 커피를 마신다. 돌이켜보면 식탁에 앉은 가족들과 학생들 모두 그랬다. 심지어 그해 아홉 살이던 집주인의 둘째 아들 디에고도 커피를 마셨다. 우리나라 사람들처럼 점심 먹고 한 잔, 오후에 졸릴 때 한 잔 마시는 식이 아니라 오직 아침에만 마신다. 잔을 끝까지 비우면 더 줄까 물어보는데, 난 한 번도 '아니'라고 답한 적이 없다. 그 시간이 좋았고, 그 시간에 마시는 커피가 그렇게 맛있을 수 없었다.

　생각해보면 안티구아는 세계적인 커피 명산지이다. 건기와 우기가 뚜렷한 기후와 화산지형 덕택에 스모키한 커피 향을 자랑한다. 그러니 안티구아라는 도시는 몰라도 안티구아 원두는 들어본 사람이 제법 많을 것 같다. 물론 나는 정반대였다. 부모님이 과테말라시티에서 사업을 하셨기에 안티구아에서 공부했을 뿐이다. 그전까지 커피에 대해서는 관심도, 지식도 없었다. 그때 내가 맛을 정확히 알고 마셨는지도 잘 모르겠다. 그랬던 내가 커피를 좋아하게 되었고, 운명처럼 커피와 관련된 일들을 하게 되었다.


　커피, 아니 '카페'를 마시던 그날로부터 어느새 십오 년이 흘렀다. 나는 여전히 커피를 좋아한다. 이 글을 쓰고 있는 지금도 커피를 마시고 있다. 내 카페에서, 내가 직접 내린 커피를 말이다.

　지금 내가 운영하는 이곳은 유명한 프랜차이즈인

이디야커피 둔촌점이다. 간혹 원두를 그라인더 호퍼에 채우다가 여러 원산지 중에 'GUATEMALA'라는 글자를 만나면 유난히 반갑다. 하지만 오래전 안티구아에서 아침마다 그토록 설레게 맛있던 커피 맛은 조금 바뀌었다. 매일매일 새롭고, 대체로 쓰고, 가끔 달다. 그리고 눈물과 땀의 맛도 난다.

장사의 맛, 자영업의 맛이 바로 이런 것일까.

'NO'는 안 됩니다

한국에 돌아온 나는 무작정 창업이란 꿈을 꾸게 되었다. 창업을 생각한 이래, 줄곧 생각해온 곳은 '카페'였다. 그리고 이왕 시작할 거라면 세계에서 가장 유명한 곳에서 경험을 쌓고 싶었다. 그렇게 내가 커피와 관련된 일을 처음 시작한 곳은 다름 아닌 '스타벅스커피'다. 지금 돌이켜 생각해봐도 참 잘한 결정이다. 그곳에서 실로 많은 경험들을 쌓았으며 내 자영업 인생의 토대를 만들게 되었으니까.

스타벅스커피에 입사한 나는 다행인지 불행인지 본사가 있는 소공점에서 일을 하게 되었다. 이후 파견근무를 포함하여 소공점, 광화문점, 무교점, 그리고 서소문점까지 매장 네 곳을 돌며 다양한 경험을 쌓았다.

스타벅스커피에 입사하는 전국의 직원(파트타이머를 포함하여)은 소공동 스타벅스커피 본사 건물에 위치한 교육장에서 일정 기간 교육을 받는다(적어도 내가 있을 때까지는 그랬다). 다시 말해 내가 일할 매장과 교육장이 같은 건물에 있었던 거다. 나는 누가 따로 시킨 것도 아닌데 교육을 받으러 갈 때마다 나의 일터가 될 매장에 들러 인사를 하고 갔다. 카페라는 공간에서 일을 하게 되었다는 설렘과 긴장감이 나도 모르게 발길을 이끌었다.

누군가는 카페를 요식업이라고 하고, 또 누군가는 서비스업이라고 한다. 다 맞는 말이다. 그래서 스타벅스커피 신입사원 교육과정에서는 음료 제조, 서비스, 위생, 커피의 기원과 종류 및 메뉴의 이해와 더불어 수십 가지 베리에이션 레시피도 가르친다. 일이 년 뒤에 혹여나 승진을 하게 된다면 기기 장비의 유지와 보수에 관한 것도 배워야 한다.

그중에 서비스 교육 시간 때 있었던 일이다.

우리 스타벅스커피에는 'NO'가 없습니다.

서비스 교육을 담당한 강사님이 하신 이 말씀은 교육을 받은 지 십 년도 더 지난 지금까지 머릿속에 생생하게 남아 있다. 매뉴얼을 익히고 고객 응대를 배우다 보면 실제 현장에서는 안 되는 것들 투성이다. 수십 가지 매뉴얼상 안 되는 규정들을 빼고서라도 기본적으로 커피 리필도 안 되고, 값을 깎아주는 것도 안 된다. 그런데 'NO'가 없는 서비스라니, 순간 내 머릿속은 하얘졌다.

솟구치는 수많은 질문 욕구를 꾹 참고 강의를 듣다 보니 결론은 안 되는 걸 바로 '안 돼요'라고 하지 말아 달라는 당부였다. 무엇보다 고객의 마음이 상하지 않게끔 사양하는 법을 강조했다. 예를 들면 '언니! 이 커피 다 마셨는데 한 잔 공짜로 더 줘요'라고 막무가내로 무례한 요구를 하는 고객에게 곧장 '안 돼요'라든가 '싫어요' 혹은 '그럴 수 없어요'와 같은 거절의 언행은 절대로 삼가라는 것이다. 가령 이렇게 손님의 마음이 상하지 않게끔 달래볼 수는 있겠지.

고객님 정말 죄송합니다. 저희는 커피 리필
서비스가 제공되지 않는 점, 양해 부탁드립니다.


이때의 포인트는 정말 죄송하고 송구한 듯한 표정
이다. 덧붙이자면 강사님은 정말 미안해서 어쩔 줄
모르겠다는 표정과 에둘러 거절하는 화법의 달인이
었다. 멀리서 강의를 듣고 있는 내가 오히려 미안해
서 가만있을 수 없는 느낌마저 들었다. 다른 교육생
들은 어땠는지 모르겠지만 '거절을 바로 전하지 않는
서비스 정신'은 당시 내 가슴에 깊숙이 자리잡았다.
그래서일까? 지금도 나는 고객들의 억지 요구를 최대
한 돌려서 거절하는 게 몸에 배어 있다


십 년이면 강산도 변한다는데, 내 가게를 창업하고
강산이 한 번 변하는 동안 내 마음속 서비스 마인드
는 하루에도 수천 번을 오락가락한다. 물론 나도 그
때와는 많이 달라졌다. 지금은 절대로 안 되는 건 안

된다고 딱 잘라 얘기한다. 하지만 그럴 때마다 마음
속 깊숙한 곳에서는 얼굴도 기억이 안 나는 강사님이
엄격하게 말씀하신다.

'NO'는 안 됩니다!

# 창업을 결심하다

흔히들 카페 창업은 레드오션이라고 한다. 놀랍게도 내가 창업을 생각했던 2010년에도 그랬다.

토종 브랜드 카페베네가 몸집을 엄청나게 부풀려 스타벅스커피와 매출 1, 2위를 다투던, 보고도 믿지 못할 시절. 서점에는 카페 창업에 관련된 책들이 넘쳐나던 시절. 책 제목도 『카페 창업 절대 하지 마라』부터 『카페, 지금 꼭 창업해야 하는 몇 가지 이유』 등 하라는 건지 하지 말라는 건지 헷갈리게 하는 수백 권의 책이 나란히 꽂혀 있던 그 시절.

전국적으로 카페의 숫자는 엄청나게 늘어났다. 하기야 나와 같은 사람들이 하나둘 창업 전선에 뛰어들었으니 '나, 카페 창업 해볼까?' 하면 십중팔구는 너무 늦었다며 하지 말라고 말렸다. 확고하게 창업의 꿈을 품었던 나도 마음속으로는 해야 하나 말아야 하나 고민하며 쉽사리 결정을 내리지 못했었다. 하지만 고민은 오래가지 않았다. 나는 카페와 완전히 사랑에 빠져 버렸으므로.

카페의 모든 것이 좋았다. 재즈 음악이 흘러나오는 것도 좋았고, 나무로 마감된 인테리어도 좋았다. 커피를 갈아내는 그라인더의 소음도 좋았고, 사방에서 풍겨오는 은은한 커피 향은 특히 더 좋았다. 하루 종일 카페에서 일을 했으니 지겨울 만도 한데 일이 끝나면 유니폼을 벗고 내 몫의 커피를 시켜서 손님 좌석에서 머물다가 집에 갔다. 혹여나 '칼퇴'를 하는 날에는 우리 집이 있던 한성대입구역 전역인 혜화역에서 내려 대학로에 즐비한 카페 중 한 곳에 들어가 시간을 보내고 귀가했다.

카페가 좋은 이유를 세세히 늘어놓자면 끝도 없다. 하다못해 카페에 앉아 있는 손님들의 모습도 내게는 좋아 보였다. 눈에 콩깍지가 씌인 거다. 전 세계적으로 바쁘기로 소문난 커피 프랜차이즈에서 일하면서, 매 시간 눈덩이처럼 쌓이는 설거지와 초 단위로 새로 생겨나는 플로어의 빈 컵과 쟁반 들과 씨름하고, 달려드는 손님 러시를 받아내며, 소위 말하는 진상 손님들의 날 선 컴플레인도 종종 겪었지만 나의 카페 환상은 절대 깨지지 않았다.

카페도 나를 사랑할까?

그 당시에는 미처 생각하지 못한 부분이다. 여하튼 나는 나만의 카페를 갖지 않으면 안 되는 지경에 이르렀다.

카페 창업을 생각하고 난 뒤에는 매 분, 매 초, 나의 카페를 상상하는 병에 걸렸다. 카페 사랑이 진화한 것이다. 집 근처 카페에 들를 때면 그 가게의 점원이 응대하는 모습에 내 얼굴이 겹쳐 보이기도 하고, 바빠서 미처 치우지 못한 바닥의 쓰레기가 보이면 몰래 치워 놔야 마음이 놓였다. 음료의 제조 과정을 멀리서 지켜보며 같이 간 친구에게 아는 척도 해보고, 내가 절대로 염탐할 수 없는 남의 가게의 하루 매출을 지레짐작하며 주제넘는 걱정을 해주기도 했다.

함께 일하는 동료들, 그리고 친한 친구들과 가족에게 창업할 거라고 떠들고 나면 좀 나아질까?

아니었다. 카페를 향한 상사병은 낫기는커녕 점점 더 심해지기만 했다. 이건 중증이다. 그래서 결심했다. 하루빨리 창업을 하기로.

내 이야기를 들은 지인 대부분은 카페 산업이 정점을 찍은 만큼 앞으로는 내리막이 아닐까 우려했다. 하지만 그때 그 누가 알 수 있었을까? 카페 산업의 붐은 식을 줄 모르고 성행할 것을…….

십이 년이 흐른 지금, 대한민국 카페 매출 1위인 스타벅스커피는 그때와 비교해 무려 서른 배가량 성장했다. 그뿐일까? 전국의 카페 숫자가 무려 열 배 가까이 늘어날 줄은 단언컨대 아무도 몰랐을 것이다.

정점인 줄 알았던 카페 산업이 미친듯이 성장하는 동안 현장에서 매일 일하며 느낀 점은(지극히 개인적인 생각이지만) 내가 사랑에 빠졌던 시기의 카페와 지금의 카페가 많이 달라졌다는 것이다. 인구는 꾸준히 감소하고 있는데도 커피 소비만은 폭발적으로 증가한 이유, 그것은 손님의 층이 넓어지고 소비가 잦아졌음을 의미한다. 다시 말해 카페가 좀 더 일상에 깊이 파고들었다고나 할까.

예전에는 손님이 무의식적인 환상 혹은 뚜렷한 목적을 가지고 카페에 방문했다면 지금은 마트나 편의점을 이용하듯 일상 소비에 가까워진 것 같다. 그럼에도 불구하고 나는 십이 년 전의 나처럼 지금 이 순간, 카페와 사랑에 빠진 사람들이 전국 방방곡곡에 있을 거라 확신한다. 그리고 그들에게 말하고 싶다.

당신들의 카페 사랑을 열렬히 응원한다고. 그러니 부디 우리 가게 근처에는 그만 창업해달라고.

자영업 DNA

우량아 시절, 그러니까 사는 데 아무 걱정도 없이 매우 잘 먹고 다니던 학창시절에 아버지는 작은 무역회사를 운영하셨다. 전업주부셨던 어머니는 나와 누나를 사랑으로 늘 곁에서 돌봐주셨다. 뭐든지 척척 알아서 잘하는 우등생 누나와 달리 나는 철이 없는 막내 아들이었다. 그만큼 부모님의 사랑과 염려와 관심을 한몸에 받으며 어린 시절을 보냈다.

초등학교에 입학을 하고, 아버지 회사의 규모가 커지면서 어머니도 회사로 나가 일을 도우셨다. 그렇게 아버지 회사는 나날이 성장을 더해갔다. 아버지는 카리스마 넘치는 사장님이었는데, 경상도 사나이 특유의 불같은 아우라가 있었다. 남다른 추진력과 여유롭게 사람들을 리드하는 모습도 멋있어 보였다. 반면 정이 많고 타인을 잘 배려하는 성격의 어머니는 아버지께 혼이 난 직원들의 마음을 치유하는 데에 탁월한 능력을 지녔다. 가끔은 '와, 엄마가 아니었다면 이 회사는 망할 수도 있겠는데?'라고 생각했을 정도로 어머니의 치유력은 마법 같았다. 각각의 역할 분담이 확실했던 우리 네 가족 중 나는 막내아들 포지션을 맡아 편하게, 하고 싶은 걸 모두 다 누리면서 지냈다. 물질적으로 풍요로웠던 건 아니지만, 다니고 싶은 학원을 두루 섭렵했다. 물론 밥도 아주 많이 먹으면서.

시간은 흘러 세계 금융위기 사태가 일어났다. 부모님이 애정을 쏟아 일군 회사는 일이 서서히 줄어들었고, 불경기를 버티지 못해 폐업하고 말았다. 그로부터 한참 뒤에 아버지는 과테말라에서 멋지게 재기하셨지만, 그때는 폐업 직후 취직하셨던 큰 회사에 적응하지 못하고 금방 퇴사하신 터라 여러모로 악재가 겹친 암울한 시기였다.

집안 사정에는 전혀 관심이 없었던 나는 대학에 진학한 뒤, 공부는 뒷전이고 음악을 한다며 매일 친구들과 어울려 다녔다. 하루는 집에 돌아오자 부모님께서 자못 심각한 표정으로 우리 남매를 불렀다. 바짝 긴장한 나와 달리 누나는 호기심 가득한 눈으로 앉아 있었다. 이윽고 아버지가 굳게 다물고 계시던 입을 뗐다.

"엄마와 치킨집을 열까 하는데, 너희 생각은 어떠하냐?"

아버지께서 불쑥 치킨집 창업을 선언하셨다. 평생 사업만 해오신 아버지로선 쉽지 않은 결정이었을 터다. 그리고 나는 아주 진지하게 내 의견을 피력했다.

BBQ! 무조건 BBQ를 해야 해요!

당시 BBQ는 지금과 달리 막 떠오르기 시작한 신생회사였다. 믿기 어렵겠지만, 전통의 강호 페리카나와 처갓집 등이 더 잘나가던 시절이었으니까. 어쩌면 모험이 될 수도 있는 일이었다. 그럼에도 치킨깨나 먹어본 자만의 전문성을 운운하며 내 의견을 밀어붙였다. 그렇게 나는 치킨집 창업에 지대한 영향력을 행사했고, 우리 집은 BBQ 매장을 열었다.

우람했던 학창 시절을 보낸 경기도 하남시에는 일찌감치 BBQ 매장이 들어왔다. 덕분에 나는 초창기의 BBQ 치킨을 맛볼 수 있었고, 동네에서 으뜸가는 먹보이자 절대 미각을 지녔던 나는 이제 막 떠오른 신예 BBQ를 예의 주시했다. 그도 그럴 것이 그전까지 내가 먹어왔던 치킨과는 첫맛부터 달랐기 때문이다. 그래서였을까. 아버지께서 치킨집 창업을 선언하셨을 때, '이때다' 싶을 정도로 반가웠다.

나는 아버지와 함께 본격적으로 BBQ 시장조사에 나섰다. 이 회사의 장점과 단점은 무엇인지, 서울 시내의 가맹점 수와 전국의 가맹점 수, 가맹점의 확장 기간과 같은 장래성과 구매자 리뷰에 이르기까지 닥치는 대로 알아봤다.

이 회사의 장점은 명확했다. 바로 치킨의 고급화. 타사보다 좋은 기름, 크고 좋은 닭을 사용했다. 당시 시장을 선점했던 경쟁업체보다 가격이 높게 책정된 것이 단점처럼 보였지만, 그것도 나름의 전략이었는지 높은 가격에 걸맞는 좋은 맛이라는 평이 대부분이었다. 가맹점 수가 눈에 띄게 늘어나고는 있지만 서울 도심에 있는 매장 수는 타사에 비해 현저히 적어 시장 선점의 기회라고 생각했다. 지금 생각해보면 얼토당토않은 셈법인데, 회사의 연간 매출액을 가맹점 수로 나눠 평균 매출액 등을 추정하면서 앞으로 엄청나게 성장할 브랜드라고 확신했다. 아무도 시키지 않은 일이었는데 혼자서 즐겁게 창업 준비로 들떠 있었다. 이때부터였을까. 내가 장사에, 자영업에 눈을 뜨고 흥미를 느낀 것이.

그로부터 오 년간 우리 치킨집은 문전성시를 이뤘다. 지역구 안에 있는 가맹점 중 다섯 손가락 안에 꼽힐 정도로 높은 매출을 자랑하던 우리 치킨집에 내가 아주 조금 공헌했다는 생각을 하면 무척 뿌듯해진다.

아버지는 치킨집을 낼 때만큼이나 급작스럽게 승승장구하던 매장을 정리하고 돌연 중남미에 있는 과테말라로 날아가셨다. 새로운 땅 과테말라에서 전부터 해오던 사업을 새로 시작하시기 위해서.

그 머나먼 타국에서 아버지는 멋지게 사업을 펼쳐나갔다. 어머니는 명절마다 고국이 그리운 회사 직원들에게 한국 음식을 나누며 직원들의 정신적 지주가 되어주셨다. 과테말라에서 다시 인도네시아로, 거점을 옮겨가며 현장을 누비던 아버지도 지금은 일선에서 은퇴하고 서울에서 쉬고 계신다.

치킨집을 운영하면서 돈의 소중함을 배웠다고 말씀하시는 아버지. 그러고 보니 얼마 전 아버지가 내게 창업에 관해 상담하신 적이 있다. 나는 자영업 선배랍시고 이것저것 엄격하게 지적하고, 창업을 진지하게 받아들일 마음의 준비가 되어 있는지 잘 생각해보라며 냉정하게 독설도 날렸다. 그런데 이 글을 쓰다 보니 아버지가 나의 자영업 대선배였다는 사실을 깨달았다. 나의 자영업 DNA는 다른 누구도 아닌 아버지에게서 물려받은 것인데 말이다.

나의 자영업 DNA는

다른 누구도 아닌

아버지에게서 물려받은 것이다.

환상 속의 그대

창업을 결심하고 준비할 것과 공부할 것 들이 많아졌다. 나는 근무시간을 제외한 남는 시간을 모두 창업 준비에 투자했다. 부동산, 노무, 세무, 인테리어, 임대차법 등 알아봐야 할 것들이 무척 많았다. 처음이라 두려운 마음에 더 꼼꼼하게 살피려고 노력했다. 그중에서 가장 많은 시간을 투자한 것은 바로 입지, 가게 자리를 알아보는 일이었다. 당시 나는 성북구에 살았는데 집에서 비교적 가까운 종로구, 중구, 성북구 위주로 가게 자리를 알아보았다. 처음에는 가게 자리만 알아보다가 나중에는 영업 중인 곳을 인수하는 건 어떨까 생각해보기도 했다. 그리고 그때부터 흔히 말하는 '목 좋은 가게' 매물을 뒤지기 시작했다. 인터넷 부동산 혹은 점포 중개회사 홈페이지에 올라온 매물들을 매일 체크하다 보니 매물 리스트를 전부 외울 지경에 이르렀다. 새로 고침을 클릭하다 보면 좋은 상권에 아주 저렴한 매물도 종종 보였다.

'이 가격에 이런 매물이 있다고?'

나는 매물 소개글을 읽어가며 그런 곳들을 내 가게로 만드는 상상을 했다. 흐뭇한 미소가 절로 흘러나왔다. 물론 그 기분 좋은 상상이 오래가지는 못했지만.

당시 나의 매물 발굴 과정은 이러했다.

1. 온라인 매물 중에서 상권 대비 매출이 높은 편인지 파악하기
2. 정확한 위치 파악하기
3. 내가 근처 지리를 잘 알고 상권을 이해하고 있는지 확인하기
4. 수익성이 좋은지 파악하기
5. 직접 가서 주변 둘러보기

나는 내 계획에 허점이 없다고, 완벽한 계획이라고 생각했다. 그러다 기회가 찾아왔다. 퇴근길에 자주 들렀던 대학로 안쪽 골목에 있던 유명 프랜차이즈 카페가 매물로 나온 거다. 누가 봐도 혹할 만한 조건의 매

물이었다. 나는 내가 세운 기준 1번부터 5번까지 차근차근 다시 한번 점검했다. 정석대로라면 매물을 올린 공인중개사에게 전화를 해서 같이 보러 가야겠지만 '똑똑한' 나는 매물 위치를 정확히 알고 있으니 사장님과 직접 얘기를 나눠 중개료를 절약해야겠다고 생각했다. 엄격한 내 기준을 5번까지 통과한 점포 중에서 첫 번째로 한 협상 도전이었다.

나는 긴장한 티를 내지 않으려고 당당히 가게 문을 열고 들어갔다.

"안녕하세요, 사장님 계세요? 가게 내놓으신 것 보고 찾아왔습니다"

그 뒤로 어떻게 되었냐고?

몇 번을 생각해봐도 진짜로, 정말정말, 부끄러운 순간이다. 나는 곧바로 사장님께 쫓겨나고 말았다.

그랬다. 내가 봤던 정보의 대부분은 공인중개사들이 손님 유치를 위해 거짓으로 작성한 이른바 '허위 매물'이었던 것이다. 지금은 어떤지 모르겠지만, 내가 가게를 알아볼 때만 해도 허위 매물이 정말 많았다. 충격에 빠진 나는 완벽하다고 믿었던 나의 방구석 계획을 전면 수정했다.

우선 창업을 염두에 두고 있던 프랜차이즈인 이디야커피 본사로 향했다. 이디야커피 본사의 점포개발팀과 상담한 뒤 신규 점포 자리들을 보러 다니기로 한 거다. 그와 동시에 믿을 수 있다고 판단한 공인중개사와 창업 컨설턴트 몇몇 분들과도 연락을 주고받으며 실제 매물들을 함께 보러 다녔다. 그렇게 서울의 모든 구를 다 둘러보았다.

칠십칠, 칠십팔, 칠십구…….

살을 에는 한겨울 추위를 피해 나는 차 안에서 매장 문을 열고 들어가는 사람들을 일일이 세보았다. 어느샌가 해가 넘어 저녁이 되었다.

아침부터 여기에 있었는데…….

그곳은 내가 학창시절을 보낸 강동구 둔촌동역 부근에 위치한 이디야커피 점포 앞이었다. 그사이 엄격한 예선을 거쳐 수많은 창업 후보지 중 네 곳만이 남았다. 종로 조계사 근처의 신규 자리와 송파구 방이동의 신규 자리, 구로디지털단지의 점포 인수, 그리고 마지막 남은 한 곳이 바로 강동구 둔촌동. 사실 모든 후보지에는 장단점이 있었고, 내가 최종적으로 결정만 하면 되었는데 그게 쉽지가 않았다. 나름 인생을 건 큰 결정이다. 나는 나만의 검증 방법을 총동원하여 확신을 갖고 시작하고 싶었다. 그러다가 둔촌동 점포를 이용하는 손님을 직접 세어보기로 한 날은 네 번째 답사일이었던 걸로 기억한다.

사실 자리 자체는 애매했다. 주변에 엄청난 규모의 아파트 단지가 있지만 교차로 대각선 반대편에 위치하여 방문객 동선이 애매했고, 언제 재건축에 들어갈지 모르는 곳이었다. 지하철역이 있는 사거리에 위치했지만 출구 네 곳에 가려면 최소 한 번은 건널목을 건너야 했다. 은행이 입점해 있을 정도로 규모가 크고 사무실도 많은 건물이지만, 저층 건물에 주차장이 협소했다. 왕복 10차선 양재대로변에 위치하고 있어 인도는 넓지만 상대적으로 유동인구는 적어 보였다. 그럼에도 나는 이곳에 가장 마음이 끌렸다. 학창시절을 보낸 곳이다 보니 상권에도 제법 빠삭했고, 주변 시세보다 다소 저렴한 임대료도 내 마음을 흔들었다. 이렇게 내 마음을 잡아당기는 곳임에도 나는 왜 몇 번이나 와서 관찰했을까. 끊임없는 검증을 통해 확신을 얻고 싶어서는 아니었을까.

　팔십 번째 손님이 들어가는 순간, 갑자기 나만의 시간이 슬로모션처럼 느리게 흘러갔다. 그리고 눈앞의 매장 안에서 손님을 응대하고 있는 내가 보였다.
　무슨 소리냐고?
　나는 환상을 본 것이다.
　당황한 나는 곧 진정을 되찾았다. 그리고 결론을

내렸다. 내게 보인 환상을 통해 '그만 고민하고 얼른 결정을 내려라'는 마음의 소리를 들었으니까. 다음 날, 나는 곧바로 그 가게를 계약했고 지금까지 운영하고 있다.

시간이 많이 흐른 지금도 나는 환상을 본 그날이 생각난다. 아마도 창업 스트레스와 고민 들이 쌓여 얼른 가게를 계약하고 싶은 마음이 투영된 결과였으리라. 다행인 건 아직 그날의 선택을 후회한 적이 지금까지 단 한 번도 없다는 것이다. 선명한 환상을 보여 준 그날의 나의 마음에게 감사해야겠다. 십 년이 넘는 시간 동안 환상 속의 나는 그 자리를 지키며 커피를 만들고 있으니까. 그동안 몇 번의 창업과 폐업을 겪고도 이 가게만은 그대로 있으니까.

나는 일을 할 때 창밖을 많이 내다보는 편이다. 손님이 오는 것을 대비하기 위해 생긴 버릇이 아닌가 싶다. 창밖을 멍하니 보며 가게 앞을 지나가는 사람들을 관찰하기도 하고, 건너편의 아파트 건설 현장을 생각 없이 바라보기도 한다. 어둑어둑해진 저녁, 가만히 창밖을 내다보고 있자니 지금 이곳의 나를 훔쳐보던 과거의 내가 있던 자리가 보인다.

　　그날 환상 속의 나는 행복해 보였을까?
　　나는 어떤 표정을 짓고 있었을까?

목욕탕과 허니브레드

2011년 3월 18일, 나는 드디어 꿈에 그리던 첫 카페의 문을 열었다. 지금도 운영하고 있는, 내가 여전히 제일 사랑하는 카페 '이디야커피 둔촌점'.

창업 초기의 매출은 지금에 비할 수 없을 정도로 적었지만, 자신감을 더한 열정으로 파트타이머를 여유 있게 채용했다(돌아보면 창업 초의 불안감이 큰 영향을 미친 것 같지만). 가게 영업시간이 오전 8시부터 밤 11시까지인데, '오픈-미들-마감'으로 스케줄을 짜서 파트타이머를 배치했다. 그중 평일 오픈 타임은 나에게 바리스타협회 교육을 추천해주었던 친한 동생 Y가 맡아주었다. 그리고 채용과 배치를 끝내고 정식으로 가게 문을 열기 직전까지 나는 너무도 당연한 사실 하나를 간과하고 있었다.

운영과 동시에 직원 교육을 해야 하는구나…….

나는 출근부터 퇴근까지 풀타임으로 일하는 동시

에 직원 교육도 했다.

즐거웠고 행복했다. 가게에 있는 순간순간이 설렜고, 찾아오는 손님 한 분 한 분이 고마워서 진심을 다하려고 노력했다. 업종에 관계없이 새로 오픈한 점포에 가보면 대체로 사장님의 진심에서 우러나오는 미소와 친절한 응대를 받을 수 있다. 늘 말하지만 초심은 위대하다.

일은 하나도 고되지 않았다. 아드레날린인지 도파민인지 모르겠지만, 긍정의 호르몬이 계속 생성되는 느낌이었다. 하지만 열다섯 시간 근무를 일주일쯤 반복하고 나니 온몸에 피로가 쌓이기 시작했다. 정신적으로는 할 수 있는데 육체가 힘든 느낌이랄까?

일주일이라는 시간 동안 파트타이머들도 어느 정도 업무에 익숙해졌다. 그러나 스타벅스커피에서 엄격하게 배운 위생과 서비스 기준으로 본 우리 가게는 영 마음에 차지 않았다. 게다가 주 2회 일하러 오는 파트타이머들은 교육을 받은 시간 대비 실제로 일한 시간이 턱없이 모자랐다. 상황이 이렇다 보니 내 몸이 힘들다고 가게를 비운다는 건 꿈도 못 꿀 일이었다. 그러다 피로의 정점은 Y와 함께 근무를 하던 날 아침에 불쑥 찾아왔다.

나는 Y와 함께 일할 때가 좋았다. 죽이 잘 맞기도 하고, 믿을 수 있는 몇 안 되는 친구였다. 게다가 그는 카페에서 일한 경력도 풍부했고, 커피 교육을 수료한 것도 나보다 선배였기에 믿음직스러웠다. 무엇보다 Y는 매장 안의 음료 및 베이커리 제조 매뉴얼을 거의 다 숙지한 상태였다.

Y 앞이라 마음이 약해진 건지, 아니면 진짜 과로해서 몸이 버티지 못했던 건지 모르겠다. 한 시간, 아니 삼십 분만이라도 쉬고 싶었다. 온몸에 가득 차 있던 열정 에너지가 방전되기 일보 직전이었다.

"Y, 혹시 손님이 허니브레드를 주문하면 죄송하지만 재료가 다 떨어졌다고 해줘."

허니브레드만 빼고 모든 메뉴를 습득한 Y에게 나는 전장에 나서는 장군처럼 비장하게 말했다. 우습지만 그때는 그것이 얼마나 중대한 결단이었는지 모른다. 지금 생각해보면 손님도 많이 없는 시간대고, 내가 굳이 자리를 지키지 않아도, 꼭 Y가 아니더라도, 우리 직원 어느 누구라도 가게를 잘 보았을 거라고 확신한다. 하지만 내 입장에서는 가게를 비운다는 게 큰 모험이자 일탈이었다.

너무 피곤했다. 잠도 부족했다. 바쁜 점심 장사를 위해 한 시간만, 딱 한 시간만 쉬자고 스스로에게 다짐하고 가게 밖으로 나와 근처에 있는 목욕탕으로 향했다. 그리고 뜨거운 탕에 몸을 담갔다. 눈을 감았지만 잠들지는 못했다. 눈을 감으면 정체불명의 손님이 헐레벌떡 가게로 뛰어와 허니브레드를 찾는 모습과 당황한 Y의 얼굴이 교대로 떠올랐다. 지금 이 글을 쓰며 돌이켜보니 그때의 감정이 새삼스럽게 생각나서 웃음이 난다. 오전에 허니브레드를 주문하는 손님은 지금도 일 년에 몇 분 계실까 말까니까. Y가 그때까지 허니브레드를 배우지 못한 이유도 그 시간대에 주문이 적어서였는데.

이제 나는 가게를 제법 자주 비운다. 그럴 때마다 그날 목욕탕에서 허니브레드를 걱정하며 탕에 몸을 담근 나를 떠올리곤 한다. 이유는 잘 모르겠다. 다만 과할 정도로 가게를 걱정하고 사랑한 과거의 내가 그리운 건 아닐까.


TMI.
목욕탕에서 쉬는 한 시간 반 동안 피로는 거짓말처럼 말끔하게 풀렸다. 그 시간 동안 손님은 단 두 분만 왔다. 물론 두 분 다 아메리카노를 주문했고.

그 버튼을 누르지 마오

이 버튼은 앞으로 정말 많이 누르실 거예요.


이디야커피 본사의 교육 담당 직원이 한 말이다. '이 버튼'은 주문 결제하는 포스기에 있는 '시간대별 매출현황' 버튼이다. 나는 속으로 '이걸 내가 앞으로 많이 눌러볼까?'라고 반신반의했다. 그러나 웬걸, 아는 사람은 알겠지만 정말 많이 누른다. 삼십 초 전에 누르고 다시 눌러본 적도 많다. 아마 지금까지 1억 번 이상은 누른 것 같다. 만약 포스기가 터치 스크린식이 아니라 버튼식이었다면, 버튼은 벌써 닳았거나 고장 나서 몇 번이나 빠졌을지도 모른다.


사업가와 직장인 모두가 그렇겠지만, 특히 소규모 자영업자들은 일일 매출에 민감하다. 그날의 매출이 하루의 기분을 좌우한다. 아니, 하루에도 수십 번 기분이 오락가락한다. 장사가 아주 잘되는 날에는 기분이 좋다. 할 일이 많아지지만 행복하다. 시간도 빨리 가고 일도 더 열심히 한다. 기분이 좋아지는 호르몬이 온몸에서 샘솟는 느낌이다. 장사가 잘될 때는 아픈 곳도 안 아프다. 십 분 전만 해도 화장실이 정말 급했는데 화장실에 가고 싶은 마음도 싹 사라진다. 기분이 좋아서 너스레도 더 과장해서 떨고, 인심도 좋아져서 재료를 아끼지 않는다. 생각해보니 몇몇 메뉴들은 식재료의 순환이 빨라지니 더 맛있어지기도 하겠다. 점심으로 먹으려고 준비해놓았던 국수에는 손도 못 댔다. 벌써 한 시간도 넘게 지나 불어터진 걸 먹는데도 그렇게 맛있을 수가 없다.

한 시간 동안 얼마나 판 거야?

속으로 생각하며 '시간대별 매출현황' 버튼을 눌러볼 때면 손가락이 화면에 닿기도 전에 가슴이 두근두근한다.

반면 장사가 너무 안되는 날도 있다. 좋은 기분으

로 하루를 시작했던 것 같은데 급격하게 우울해진다. 그래도 먹고살려고 짬짬이 먹을 수 있는 간단한 식사를 준비하여 먹는데, 손님에게 방해받지 않고 편하게 먹을 수 있는 상황에 기분이 갑자기 나빠진다. 그 식사가 맛있기라도 하면 기분은 두 배로 우울해진다. 앞으로 들이닥칠 손님들에 대비하여 준비해야 할 부재료 정리도 하지 않고 멍하니 앉아 있다. 포스기 화면만 바라보다가 나도 모르게 망상에 빠질 때도 있다. '오늘은 해도해도 너무 안되는데?'로 시작해서 '나한테 무슨 문제가 있는 건가?' '이 동네에 무슨 일이 생긴 걸까?' 아니면 '우리 가게에 대해 안 좋은 소문이라도 퍼졌나?' 등 꼬리에 꼬리를 무는 불안한 생각이 머릿속에 둥둥 떠다닌다. 말짱했던 몸도 한두 군데씩 아파오고, 속도 안 좋은 것 같고, 체한 느낌마저 든다. 퍼뜩 정신이 들어서 '손님이 도대체 얼마 동안 없던 거야?'라고 속으로 생각하면서 '시간대별 매출현황' 버튼을 눌러보려 하면 식은땀이 흐르고 손이 덜덜 떨린다. 그러다가 연속으로 손님 두세 그룹만 들어와도 언제 그랬냐는 듯 좀 전의 불안 증세와 우울감은 마법처럼 사라지지만.

나는 근육 운동을 좋아하고 즐겨 하는데 장사를 한다는 건 근육을 기르는 과정과 비슷하다. 근육은 운동을 통해 찢어지고 상처를 입지만 회복하는 과정에서 더 커지고 단단해지며 성장한다. 장사도 마찬가지다. 최고 매출, 최저 매출 그래프가 춤을 추며 내 마음에 상처를 낼 때마다 마음의 근육이 조금씩 단단해지는 것을 느낀다. 잘될 때는 담담해지고 안될 때는 덤덤해지는 내공이 쌓여간다. 그리고 오늘도 생각한다. 나름 오랫동안 단련했으니 이젠 좀 괜찮지 않을까?

솔직히 말하자면 십 년을 넘게 단련한 나의 마음 근육도 연속으로 펀치를 맞으면 많이 아프다. 일주일, 한 달 연속으로 매출이 슬금슬금 떨어질 때면 어쩔 수 없이 우울해진다.

장사는 손님에 대한 고마움을 '다시' 깨닫는 여정의 반복이다. 왜 다시냐고 묻는다면 장사를 처음 막 시작한 초반에는 한 분 한 분 다 고맙기 때문이다. 처음엔 고마움을 넘어 신기할 정도다.

'도대체 어떻게 우리 가게에 오셨지?'

낯선 손님과의 만남이 설레고 호기심도 넘쳐난다. 문이 열릴 때마다 '어서 오세요'라는 말이 진심에서 우러나온다. 하지만 이 또한 어느 순간 익숙해지고, 익숙해지면 당연해지고, 당연해지면 고마움을 잊게 된다. 그래서일까? 장사가 잘돼서 매너리즘에 빠지면 어느새 최저 매출의 그래프가 불쑥 나타나서 마음 근육을 연타하기 시작한다. 3연타만 맞아도 정신이 번쩍 들어서 '어서 오세요' '안녕하세요' '고맙습니다' '감사합니다' 인사가 절로 나온다.

나는 지금도 가끔 손님들의 존재가 신기하다. 우리 가게의 컵을 들고 다니는 분들이 보이면 반갑고 고맙다. 손님을 향한 고마움을 잊지 않으려는 나의 여정은 오늘도 진행 중이다.

아, 물론 지금 이 순간에도 나는 '그 버튼'을 누르고 있지만.

장사는 손님에 대한 고마움을

'다시' 깨닫는 여정이다.

내 작은 세상이 멈춰버린 날

이디야커피 둔촌점이 위치한 건물은 일 년에 두 번 물탱크 청소를 한다. 물탱크 청소를 하는 동안에는 단수가 되기 때문에 영업을 하지 못한다. 물이 제대로 급수되지 않으면 커피머신도 제빙기도 쓸 수 없고, 당연히 음료 제조도 불가능하다. 물탱크 청소는 늘 일요일에 했는데, 매년 그 일요일이 오면 초조한 마음으로 물이 언제 나오는지 확인하러 가게에 나간다. 물 공급이 일찍 시작되어서 가게를 예상보다 일찌감치 연 날도 있고, 생각지 못한 문제가 발견되어서 장사를 하지 못한 날도 있다.

창업한 지 이 년인가 삼 년이 지난 어느 물탱크 청소 날, 그날도 어김없이 나는 물이 나오는지 확인하러 가게에 갔다. 가게에 도착한 시간은 오후 1시.

빨라도 오후 2시나 3시는 돼야 나올 텐데…….

나는 아무 기대 없이 수도꼭지를 돌려보았는데 물이 나왔다!

"어라?"

나는 신이 나서 곧바로 제빙기와 커피머신의 전원을 켰다. 커피머신의 예열 시간이 십오 분에서 이십 분 정도 걸리니까 장사를 빨리 시작하려면 얼른 전원부터 켜야 했다.

파직!

커피머신의 전원을 켜는 순간, 냉장고 뒤쪽에서 불꽃 튀는 소리가 나며 연기가 올라왔다. 나는 너무 놀라서 그대로 굳어버렸고. 기계를 잘 알지는 못해도 뭔가가 완전히 잘못되었다는 것쯤은 알 수 있었다. 심장이 미친 듯이 뛰기 시작했다.

매장 안이 전선 타는 냄새로 진동했지만 다행히 불은 나지 않았다. 다만 커피머신 전원이 더 이상 들어오지 않았다. 이곳저곳을 살피며 사태를 파악하고, 놀란 가슴을 진정시키고 나서야 커피머신 전선 쪽에 문제가 있음을 알았다. 나는 재빨리 본사 담당 직원과

통화한 뒤, 커피머신 수리센터에 연락했다. 가게를 운영하는 데에 의존도가 높은 주요 기계의 고장을 처음 경험한 터라 안절부절못하며 애먼 사람들을 닦달했다. 빨리 고쳐달라고, 그래야 장사를 할 수 있다고. 하지만 일요일이라 출장 수리가 불가능했다. 그저 사태가 심각해 보이니까 내일(월요일) 최대한 빨리 가서 고쳐준다는 답변만 되풀이했다. 초보 사장인 나는 이 상황을 도무지 이해할 수 없었다.

아니, 그럼 오늘 장사는 어떻게 하라고?
일요일 하루를 통으로 날리고,
내일 아침 장사도 날리고,
점심 장사까지 하지 말라는 말인가?
어떻게 그럴 수가 있지?

그렇다. 바로 그 말이다. 너무 쉬운 말이지만 패닉에 빠진 내가 그 말을 이해하지 못했을 뿐이다.

내 작은 세상이 완전히 무너진 느낌이 들었다. 열심히 노력한 만큼 잘 돌아가던 나의 세상이 이렇게 멈출 줄은 상상도 못했다. 나는 불 꺼진 어두운 매장에 홀로 가만히 앉아서 한참을 생각하고 나서야 수런대는 마음을 진정할 수 있었다.

그럴 수도 있다. 사람은 기계를 이길 수가 없다. 집에 가자.

조용히 일어나서 가게 앞, 뒷문에 붙인 물탱크 청소 안내문을 뜯어냈다. 그리고 A4용지를 꺼냈다.


기계 고장으로 인하여 오늘 하루 휴업합니다.
정말 죄송합니다.


최대한 예쁘게 쓰려고 했지만 워낙 악필이었다. 워드프로세서로 가지런하게 써서 출력한 물탱크 청소 안내문을 뗀 자리에 붙인 삐뚤빼뚤 손으로 쓴 휴업 안내문이 얼마나 볼품없던지. 안내문조차 고장이 난 것 같아 보였다.

화창한 일요일 오후 2시, 갑작스레 휴일을 얻은 나는 집 주차장까지 간 다음, 집으로 올라가지 않고 무작정 차에 올라탔다. 그리고 그대로 동해를 향해 달렸다. 이런 주말 낮에 한 번쯤 동해에 가보고 싶었다.

그래, 살다 보면 이런 날도 있다. 오늘 하루 마음 편하게 쉬라고 고장이 난 거다. 화재가 나거나 더 큰일이 나지 않은 게 천만다행이다.

이런저런 생각을 하면서 달리다 보니 어느덧 춘천에 다다랐다. 동해까지 달리려던 나는 배가 고파서 국도 옆에 보이는 닭갈비집에 들어가 닭갈비를 시켰다. 평소 그렇게 좋아했던 닭갈비가 목구멍에 턱 막혔다. 깜짝 휴일을 얻고도 초보 사장인 내 머릿속은 온통 가게 걱정뿐이었다. 내가 할 수 있는 일이 없으니 오늘은 편하게 쉬자고 다짐했지만 말처럼 쉽지 않았다. 결국 나는 닭갈비를 먹는 둥 마는 둥 하다가 서울로 다시 돌아왔다. 참고로 커피머신은 우여곡절 끝에 다음 날 오후 4시가 넘어서야 수리가 완료되었다.

안절부절하며 어쩔 줄 모르던 그때와 달리 지금의 나에게 기계 고장은 익숙한 일이 되었다. 이참에 가게를 연 이후로 지금까지 고장이 나서 혹은 낡아서 새로 산 기계들을 한번 정리해볼까?

커피머신, 커피그라인더, 오븐, 제빙기, 냉동고, 냉장 쇼케이스, 포스, 블렌더, 빙삭기 등. 이중에 수리비로 가장 큰 돈을 지출한 녀석은 다름아닌 냉장 쇼케이스다. 백 만원쯤 하는 기계에 수리비만 2, 3백만 원은 썼을 거다. 그렇게 미련하게 십 년 동안 수십 번을 고쳐 쓰다가 마침내 올해 새로 샀다. 가구도 마찬가지다. 의자는 어림잡아 수십 개는 샀을 거다.

사실 완전 핵심 기계가 아닌 그냥 일반 기계 하나가 고장나면 새로 사거나 고칠 때까지 그 기계를 사용하는 부분만 불편할 뿐이다. 소모품은 계속 망가지고 새로 사는 게 당연한 거다. 그럼에도 인터넷이 고장나서 안 되는 순간은 정말, 아무리 겪어도 적응이 안 된다. 인터넷 고장은 소리 소문 없이 갑작스럽게 다가온다. 평화로운 일상에서 카드 결제가 안되는 순간이 오면 속으로 '아, 제발 일시적인 오류이길……' 하고 간절히 바란다. 마침내 고장인 걸 깨닫는 찰나에는 내 감정도 행복에서 절망으로 순식간에 뒤바뀐다. 결제 수단이 다양해진 요즘, 인터넷이 먹통되면 결제는커녕 할인이나 멤버십 적립 등 할 수 있는 일이 거의 없다. 그렇다면 인터넷만 잘 관리하면 될까? 아니다. 인터넷 고장보다 더 큰 '대재앙'이 있으니, 바로 정전이다. 요즘 같은 세상에 정전이 웬 말이겠느냐만은 운이 좋은 건지 나쁜 건지 건물의 변압기 고장과 교체 공사로 인하여 정전을 무려 네 차례나 경험했다.

다양한 경험이 차곡차곡 쌓여도 여전히 기계 고장은 정말이지 반갑지 않다. 가게를 운영하면서 따라오는 어쩔 수 없는 문제들이라 생각하고 받아들이는 내 마음가짐이 전과 달라졌을 뿐이다. 지금도 가끔 무언가가 잘 안 되거나 고장의 기미가 보일 때면 나는 그

옛날, 동해를 향해 달리던 나를 떠올린다. 기계가 고장 나면 세상이 멸망이라도 한 줄 알았던 순수했던 그 날의 내가 우습기도 하고 한편으로는 그립기도 하다.

그럴 수도 있다.

사람은 기계를 이길 수가 없다.

나의 하루는 밤 11시에 시작된다

창업을 하고 나는 일주일에 5일 이상은 마감을 해왔다. 현재는 주 7일 마감을 도맡아 하고 있다. 이런 '빡센' 일정을 오랫동안 소화하다 보니 가게 마감은 하나의 습관이 되었다.

이디야커피 둔촌점의 영업시간은 오픈한 뒤로 오늘날까지 변함이 없다. 다만 코로나 바이러스로 인한 사회적 거리두기로 인해 십 년 만에 처음으로 작은 변동이 있었다. 그래 봤자 한두 시간 일찍 문을 닫는 거였지만. 그리고 나는 아주 큰 깨달음을 얻었다.

11시 전에 문을 닫아도 큰일이 나는 건
아니었구나…….

농담같이 들릴 수도 있겠지만 영업시간은 손님과의 약속이라 생각하여 당연한 듯이 지켜왔다. 아니, 생각해보면 지키려고 노력하지도 않았다. 그냥 그게 내 삶이었다. 그랬기에 나의 하루는 늘 밤 11시에 시작되었다.

몸이 아주아주 아팠던 날에도, 역사에 기록될 초대형 태풍이 불던 날에도, 눈이 예쁘게 내리던 화이트 크리스마스에도, 민족의 대명절에도 마찬가지였다. 나는 밤 11시를 꽉 채워 가게를 지켰다. 이게 뭔가 대단한 일이라고 공치사를 늘어놓으려는 건 아니다. 그냥 그게 '자영업'인 거다. 장사를 하면 누구나 그렇게 된다. 내가 직접 가게에 나가지 않는 동안에도 마음의 50퍼센트는 영업 중인 매장에 쏠려 있다. 편의점 사장님들께는 죄송한 말씀이지만, 스물네 시간 영업하는 가게를 하지 않았음에 굉장히 감사했다. 무엇보다 우리 매장에는 숙련된 파트타이머들도 있고.

창업 초기에는 단 한 시간만 비워도 안절부절못했지만, 지금은 급한 일을 보러 자리를 비울 수 있는 마음의 여유가 생겼다. 틈틈이 시간을 내어 개인적인 약속을 잡거나 휴식을 취하면서 에너지를 재충전하기도 한다.

이윽고 밤 11시, 온전히 자유로운 시간이 찾아온다. 여가를 즐기는 데에 그 늦은 시간은 아무런 문제가 되지 않는다. 밤에 하는 쇼핑은 한산해서 좋고, 밤에 보는 영화는 운치가 있다. 무엇보다 밤에 하는 운전이 특히 좋다. 교통체증이 없는 서울의 밤은 고요하고 낭만적이며 아름답기까지 하다. 친구들과 모임을 가질 때면 새벽까지 영업하는 수많은 음식점, 노래방, 볼링장 등이 있음에 감사한다. 운동도 마찬가지다. 집에서 조금 멀더라도 나의 밤 시간을 충분히 누릴 수 있는 스물네 시간 운영하는 헬스장을 찾아 등록했다. 아, 운동은 출근하기 전에 하면 되지 않느냐고? 이미 야행성 라이프스타일이 몸에 배어서 그런지 기분 탓인지 모르겠지만 오전보다 새벽에, 즉 자기 전에 운동해야 최적의 컨디션을 유지할 수 있다.

십 년이 넘도록 남들보다 늦게 자고, 늦게 일어나고, 늦게 출근하고, 늦게 퇴근하는 삶은 나름 만족스러웠다. 단, 한 가지 단점을 제외하고.

야식이다. 퇴근하고 늦게 먹는 야식은 어느새 삶의 일부가 되었다. 거부할 수 없는 매력을 지닌 나의 사랑, 이 야식이라는 녀석 덕분에 살이 서서히 올랐다. 소리도 없이, 슬그머니 내게 다가온 비만은 결국 나를 많이 불편하게 만들었다. 살이 찌면 일하는 것도 힘이 든다. 몸이 쉽게 피곤해지고 움직임이 둔해져서 불편하다. 어디 그뿐이랴. 어려서부터 이십 대 초반까지 늘 '우량아'의 인생을 살았던지라 살이 찌는 것에 대한 일종의 트라우마가 있었다. 그 때문에 스트레스가 극도로 심해졌다. 몸도 마음도 스트레스를 받으니 먹는 것으로 스트레스를 푸는 악순환이 이어졌다. 결국 우리 매장이 최고 매출을 기록하던 2015년, 나의 몸무게 또한 세 자리를 돌파했다.

이대로는 안 되겠어!

나는 평소에 취미로 간간이 해왔던 운동을 본격적으로 배우면서 식단 관리를 병행하기로 마음먹었다.

이쯤해서 내가 왜 이렇게 몸무게에 집착하는지 고백하자면, 나는 학창시절부터 늘 반에서 최고 몸무게의 주인공이었다. 먹는 건 정말 좋아했지만 뚱뚱한 건 싫어서 남몰래 안 해본 다이어트가 없다. 처음엔 편해 보이고, 비교적 쉬워 보이는 다이어트 방법들을 실행했다. 그리고 번번이 실패를 맛보았다. 평생 이렇게 살겠구나, 숱한 좌절의 시간을 보냈다.

스무 살이 훌쩍 넘어서 나는 드디어 꿈에 그리던 첫 다이어트에 성공했다. 비결은 간단했다. 철저한 식단 관리와 웨이트트레이닝, 그리고 꾸준한 유산소운동이다. 첫 성공 이후에 나는 다이어트 직후의 보기 좋고 날씬한 몸에서 약간 살이 불어난, 나름대로 인간적인 몸매를 십 년간 유지했다. 하지만 매일 반복된 야식의 칼로리 폭격 앞에서 나의 십년대계는 그만 무너지고 말았다.

사태의 심각성을 깨닫고 나는 나의 소중한 여가시간을 운동에 올인했다. 틈틈이 생활스포츠지도자 자격증 공부를 시작했고, 기록을 남기고 싶어서 보디프로필 촬영도 예약했다. 하지만 친구들과 만남을 가질 때면 굳게 먹은 마음도 무너지는 경우가 많았다. 고심 끝에 주변 친구들을 설득하여 다이어트에 동참시켰다. 이렇게 나는 두 번째 다이어트에 성공했다.

지금도 운동은 꾸준히 하고 있다. 그사이 생활스포츠지도자 국가자격증을 따고, 10킬로미터 마라톤을 열 번 완주했다. 친구 다섯 명을 다이어트에 성공시켰으며 다이어트 유튜브 채널을 개설해서 운영했다. 오년 동안 세 번의 보디프로필을 촬영했고, 세 번의 요요를 겪었다. 기껏 한 다이어트가 아쉽지 않느냐고? 아니, 이제 네 번째 다이어트를 시작하면 된다. 그뿐이다.


장사는 내게 다이어트 도전과 같다. 포기하지 않고 꾸준하게 성실히 임하면 좋은 결과가 따라온다. 하지만 그 과정에서 약간의 부침이 있을 수 있다. 일 년 내

내 매출이 비슷한 매장도 그 나름의 비수기 성수기가 있듯이 말이다. 장사가 별 탈 없이 잘 흘러가 방심할 때쯤이면 어김없이 생각지도 못한 곳에서 장애물들이 튀어나온다. 갑작스러운 기계의 고장이라든가, 오랫동안 일해준 직원의 퇴사라든가, 바로 건너편에 새로운 경쟁업체가 들어온다든가. 마치 맘 잡고 다이어트를 시작할 때마다 거부할 수 없는 이벤트들이 발생하는 것과 비슷하다. 다이어트에 성공했다는 달콤한 성취감에 젖어 보상을 만끽하다 보면 어느새 비만의 공포가 닥쳐오는 것도 하루하루 변하는 매출과 닮아 있다. 결국 무엇이든 일희일비하지 않고 꾸준히 하는 것이 롱런의 비결인 것 같다.

오늘도 나는 11시에 가게 마감을 하고 퇴근을 준비한다. 실은 며칠째 저녁 장사가 안 되어서 조금 우울하다.

그래, 이런 날 헬스장에 갈 수는 없지.

맛있는 음식을 사서 바로 집으로 가야겠다. 운동할

기분이 아니다. 오늘 밤엔 맛있는 것도 잔뜩 먹고, 좋아하는 게임도 맘껏 하다가 푹 자야지. 그리고 퇴근하는 길에 나는 깨닫는다.

아이고…… 나는 아직 멀었구나.

장사는 다이어트 도전과 같다.
포기하지 않고 꾸준하게 성실히 임하면
좋은 결과가 따라오니까.

바리스타 자격증이 꼭 필요한가요?

바리스타 자격증이 꼭 필요한가요?

카페 창업에 관심이 있는 지인을 만나거나, 매장 파트타이머를 뽑거나, 카페 창업을 위한 강의에 갈 때마다 듣는 질문이다. 이 질문에 대한 나의 대답은 언제나 같다.

아뇨, 절대로 필요 없습니다. 창업 혹은 관련 업종 취업을 원한다면 필요한 건 실무 경험입니다.

실제로도 이렇게 딱딱하게 말하는 편이다. 하지만 솔직히 고백하자면 십이 년 전의 나도 같은 고민에 빠져 있었다. '바리스타'란 이름부터 멋지지 않은가? 이국적이고 낭만적이다. 지금도 그렇지만 바리스타라는 생소하고 멋진 단어가 미디어에 등장했던 2010년 당시에는 그 인기가 어마어마했다. 드라마 <커피 프린스 1호점>이 히트한 것도 바리스타라는 직업에 환상을 품게 했을 테고. 어찌 됐든 남녀노소를 불문하고 취득하고 싶은 자격증 1위가 아니었을까.

사실은 너무너무 갖고 싶었다. 내 가게 한쪽 벽면에 액자에 끼워 걸어두고 싶었다. 가능하면 여러 개의 자격증을. 그리고 라떼아트! 라떼아트도 그럴싸하게 해내고 싶었다. 커피의 본질을 배우고 탐구하는 것보다 뭔가 있어 보이고 싶었나 보다. 아, 만약 지금 누가 다시 물어본다면 이렇게 답해야겠다.

가게 벽에 멋진 액자를 걸어두고 싶거나
라떼아트를 배우고 싶다면 추천드립니다.

겉멋이 들어서 혹은 있어 보이고 싶어서도 있었지만, 첫 창업을 준비하던 나는 늘 교육과 경험에 대한 갈증을 느꼈다. 스타벅스커피에서 받은 교육과 실무 경험만으로는 부족하다고 여겼다. 그래서 바리스타 자격증을 발급하는 기관과 바리스타 교육기관을 찾아보기 시작했다. 아쉽게도 국내에는 공인된 제도와 기관이 제대로 갖추어지지 않았다. 당연히 국가공인 바리스타 자격증은 없고, 국내외로 온갖 사립 자격증들이 난무했다. 그 많은 자격증 중 옥석을 가리다가 지친 나는 자격증 취득을 포기했다. 대신 제대로 된 교육을 해줄 수 있는 기관을 찾기 시작했다. 두세 개 최종 후보를 두고 고민하던 나는 현장에서 바리스타로 일하고 있던 친한 동생 Y의 추천으로 한남동에 위치한 '한국바리스타협회BAOK'의 에스프레소 기본과정을 등록했다.

교육은 굉장히 재밌었다. 에스프레소를 너무 많이 만들고 맛봐서 집에 갈 즈음에는 헛구역질이 나기도 했지만, 손님을 응대하고 주문받은 커피를 만드는 것과는 전혀 다른 경험이었다. 커피라면 어느 정도 능숙하게 만들 줄 안다고 생각했는데 세상엔 내가 모르는 커피가 더 많았다. 인상 깊었던 교육과정을 수료하고 수료증을 받았다. 나는 쉬지 않고 다음 목표인 라떼아트를 배울 기관을 찾아보았고, 영등포에 있는 '서울커피바리스타학원'의 라떼아트 과정을 등록했다. 라떼아트는 스타벅스커피에서 같이 일하던 형을 설득해서 같이 다녔다. 형은 나만큼이나 카페 창업에 뜻을 두었고, 라떼아트에도 관심이 많았다.

이미 에스프레소 수료증을 취득한 뒤라 라떼아트 수업을 앞두고는 의욕에 가득 차 있었다. 그러나 라떼아트는⋯⋯ 생각보다 쉽지만 생각보다 어렵다. 이게 무슨 말이냐고? 해보면 안다. 원리만 깨우치면 되는데 그걸 깨우치기까지가 오래 걸린다. 될 듯 말 듯 하면서 안 되던 그 시절이 지금도 생각난다. 교육을 받고, 연습을 하는 과정에서 우유를 많이 쓰기 때문에 재료비가 많이 드는 건 덤이다. 이렇게 나는 창업 전에 가게 벽면을 장식할 두 장의 값진 수료증을 얻게 되었다.

시간이 흘러 가게 오픈일이 확정되고, 오픈을 삼

주 앞두고는 스타벅스커피를 퇴사했다. 그리고 디데이 일주일 전, 이디야커피 교육을 받으러 갔다. 당연한 이야기지만 이디야커피에서도 예비 창업자들을 대상으로 하는 교육과정이 있다. 일주일간의 교육 기간(현재는 이 주)을 통해 레시피, 위생, 포스기 사용, 서비스 교육을 받고 멋진 수료증을 받았다. 불과 몇 주 전까지 하루에 손님이 천 명도 넘게 방문하는 매장에서 바쁘게 일하다 온 준비된 인재라고 티 내고 싶은 마음을 억누르며 성실하고 진지하게 교육에 임했다. 이렇게 나는 총 네 곳에서 교육을 받았고, 세 개의 멋진 수료증을 가게 벽에 걸어놓았다.

그렇다면 어렵사리 모아온 수료증이 현장에서 크게 활약했을까? 아쉽게도 그것들은 아무런 도움이 되지 않았다. 일하면서 가장 도움이 되었던 건 아이러니하게도 스타벅스커피에서 빠르고 정확하게 음료를 만들며 수많은 타입의 손님을 응대했던 '경험'이었다.

고생해서 따낸 수료증 액자 중에 가장 멋져 보이는 건 이디야커피 수료증이고(이유는 모르겠지만 영어로 멋지게 적혀 있다).

혹시라도 내가 운영하는 이디야커피 둔촌점에 오게 된다면 한쪽 벽면에 붙은 수많은 액자들을 볼 수 있을 거다. 창업 이전에 받은 수료증 이외에 이디야커피 둔촌점을 운영하면서 받은 우수점포 수여증와 기타 상장들이 걸려 있다. 다른 벽에는 직접 라떼아트 하는 사진이 담긴 작은 액자들도 붙여놓았다.

바리스타 수료증이나 자격증이 왜 중요한지는 여전히 잘 모르겠다. 그러나 지금의 나 스스로를 되돌아보면 겉멋은 무척 중요하다.

아무렴, 그렇다.

나도 이렇게 커피를 좋아하고 싶다

스타벅스커피 교육생들이 교육을 받을 때, 늘 들고 다니는 수첩이 있다. 이름하여 '커피 패스포트'.

교육 담당자는 이 수첩을 모두에게 나눠준다. 자율적으로 이 수첩에 나온 커피를 공부하고, 수첩에 나온 리스트를 끝까지 다 채우면 커피마스터에 도전할 수 있는 자격이 주어진다는 말을 덧붙이면서.

커피마스터라니, 이 얼마나 멋있는 이름인가!

커피 패스포트를 완수하려면 족히 일 년은 걸릴 터다. 그것도 일하는 틈틈이 도전해야 한다. 생각보다 어려운 일이겠지만 한창 커피에 큰 뜻을 품고 창업을 꿈꾸던 나는 눈을 반짝였다.


기필코 완수할 테다. 그리고 커피마스터가 되리라!


열정이 가득 차서 어떤 일을 시작할 때면 그 일과 관계된 모든 걸 도전해야 직성이 풀리는 나로서는 너무도 당연한 다짐이었다. 그리고 결론부터 말하자면 일에 치여 허둥대다 보니 커피 패스포트는 생각만큼 채우지 못했다. 부끄러운 고백이지만, 나는 늘 초심만 거창했다.

커피마스터가 직급은 아니지만, 스타벅스커피 내에서는 커피에 관한 전문성을 보여주기 가장 좋은 타이틀이다. 무엇보다 일과 시간과는 별개로 스스로 커피를 연구하여 커피 패스포트를 모두 채운 다음, 사내에서 주최하는 커피마스터 테스트(어렵다)에 합격을 해야 비로소 얻을 수 있는 타이틀이다. 그리고 내가 가장 중요시 여겼던 것, 바로 매장에서 커피마스터 전용 검정 앞치마를 입을 수 있다는 것이다!

그제야 집 앞에 있는 매장에서도, 멀리 놀러가서 들어간 매장에서도, 수많은 초록 앞치마 사이를 누비는 검정 앞치마를 입은 파트너(스타벅스커피 직원들을 칭하는 용어)들이 눈에 들어오기 시작했다. 무척 멋있었다. 내가 일했던 당시에는 매장당 한 명이 있을까 말까 한 정도였으니까.

커피마스터 위에 더 높은 타이틀도 있다. 커피마스터들끼리 실력을 겨뤄서 따내는 '지역 커피마스터', 그리고 지역 커피마스터 위에는 국내에 단 한 명 배출되는 '커피앰버서더'가 있다. 커피앰버서더 대회에서 우승하면 일간지에도 나오고, 시애틀에 있는 스타벅스커피 본사에도 다녀올 수 있는 기회가 주어진다. 나라마다 단 한 명뿐이고, 일 년을 임기로 활동하는 커피앰버서더!

지금까지 내가 길고 장황하게 설명한 내용은 스타벅스커피 신입사원 교육 당시, 교육 담당 직원이 교육장 벽면에 걸어놓은 역대 앰버서더 사진을 가리키며 설명해준 내용이다. 사진이 여섯 장이 걸려 있었는데, 그중 낯익은 사진 한 장에 시선이 꽂혔다.

6대 앰버서더, 면접을 보러간 나를 채용해주신 분.

그랬다, 내가 일할 매장의 D점장님은 내가 꿈에도 그리던 커피앰버서더였다.

세상에, 이렇게 대단한 분일 줄이야…….

꿈에도 생각지 못했던 나는 사진을 보고도 믿을 수가 없었다. 정말 깜짝 놀랐다. 아니, 대단해 보였다.

아마 이때부터였을 거다. 무작정 D점장님을 내 마음속의 롤모델로 삼았던 것이.


D점장님은 여유로운 카리스마를 지닌 사람이었다. 커피앰버서더 활동으로 바쁜 와중에도 매장과 직원들 관리를 소홀히 하지 않았다. 대한민국을 대표하는 커피 전문가이니만큼 커피에 늘 진심을 다했으며, 커피에 관한 것이라면 작은 것 하나도 허투루 하는 법이 없었다. 그야말로 완벽했다.

한번은 일과 시간을 마치고 퇴근 시간이 점장님과 겹쳤다. 매장을 막 나서려는데 점장님이 물었다.

"LEE(일하던 당시 나의 닉네임), 끝나고 일정이 있나? 없으면 나랑 좋은 데 갈래?"

나는 흔쾌히 점장님의 뒤를 따랐고, 그렇게 나를

데려간 곳은 서울 한복판에 위치한 어느 로스터리 카페였다. 그곳에서 D점장님을 포함한 커피전문가들이 로스팅과 핸드드립 추출을 하며 원두블렌딩에 좋은 배합을 연구하는 모임을 열었다. 그 귀한 모임 자리에 점장님은 나를 데려갔다. 그리고 나는 내 인생 최고로 맛있는 커피를 그날, 그곳에서 맛보았다.

"로스팅은 해본 적 없지? 이렇게 하는 거야."

"로스팅하고 바로 드립하면 이런 맛이 나지."

이렇게 말하는 D점장님의 얼굴은 무척이나 즐거워 보였다. 나도 이렇게 커피를 좋아하는 사람이 되고 싶다고 생각했을 정도로.


카페를 창업하기로 결심하고 나는 그 누구보다 먼저 D점장님께 말씀드렸다. 긴장하여 점장님의 입만 쳐다보고 있는데, 점장님은 씩 웃으며 그럴 줄 알았다며 응원해주었다. 점장님의 말에 용기를 얻은 이듬해, 나는 가게 문을 열었다.

D점장님은 내가 가게를 열고 삼 년이 지난 뒤, 본인의 가게를 열었다. 나는 개업 선물로 무엇이 좋을까 곰곰 생각하다가 고무장갑과 유기농 주방세제를 잔뜩 사서 점장님의 가게로 향했다.

"가게를 해보니 이런 게 제일 필요하더라고요."

"역시 창업 선배님이라 필요한 걸 잘 아는구먼. 허허."

쭈뼛쭈뼛 선물을 내밀면서 커피와 디저트를 주문하는 내게 D점장님은 언제나처럼 온화한 미소를 지어 보였다.

얼굴에 미소를 가득 머금고 커피를 추출하는 D점장님의 모습은 내게 로스팅을 보여주고 커피를 내려주던 그날처럼 무척이나 즐거워 보였다. 그리고 초심을 서서히 잊어가던 삼 년차 카페 사장이었던 나는 점장님을 보며 오랜만에 다시 생각했다.

아…… 나도 이렇게 커피를 좋아하고 싶다.

커피마스터가 되리라⋯⋯.

하지만 내 꿈은 늘 거창하기만 하다.

그럼에도 나는,

커피를 좋아하고 싶다.

콩나물국밥과 꼬막무침

안녕하세요, 어서 오세요.

여기, 늘 밝은 표정과 세상에서 가장 멋진 목소리로 손님들에게 인사하는 한 청년이 있다.

이디야커피 둔촌점의 구 년차 베테랑 매니저이자 우리 가게의 일등 공신, 내가 가장 좋아하는 J다. J와는 알고 지낸 지 이십 년 가까이 되었다. 나보다 두 살 어린 동생이지만 나는 늘 마음속으로 J를 존경해왔다. J는 재치 있고 친절하며 상대를 가리지 않고 대화를 경청한다. 상대의 감정에 100퍼센트 공감하려 노력하고, 사소한 일도 소중하게 여기고 기억해준다. 도덕적으로 올바르게 행동하고, 첫사랑과 긴 연애 끝에 결혼했으며, 지금은 자기 자신보다 가족을 더 위하는 '완벽남'이다. 사실 그의 칭찬을 늘어놓자면 책 한 권으로도 부족하다. 이렇게 완벽한 그는 대학 시절 자기도 모르게 커피의 매력에 빠졌고, 그로부터 몇 년이 지나 카페를 운영하고 있는 나를 찾아와 함께 인생을 걸어가는 사이가 되었다. 나는 그와 가까이 지내면서 그의 장점들을 배우고 닮아가려 애쓰지만 그게 쉽지만은 않다. J는 친구로서도 더할 나위가 없지만, 손님 앞에서는 최고의 친절왕이다. 우리 가게에 오시면 J를 만나실 수 있으니 다들 한번 만나보시면 좋겠다.

만일 J가 없었다면 우리 가게의 역사는 아주 많이 짧았을 것이다. 그의 앞에서 대놓고 말한 적은 없지만 한 이삼 년 하다가 그만두었을 것 같다. 그만큼 믿을 수 있고 좋아하는 직원과 같이 한다는 것은 자영업자에게 크나큰 행운이다. J가 함께 있어준 덕분에 우리 가게는 친절매장과 우수매장으로 선정되었고, 수많은 단골손님을 확보할 수 있었다. 우리 가게의 진정한 핵심이라고 할 수 있는 완벽남 J, 이런 그에게도 암울한 시절은 있었다.

J가 입사한 지 얼마 안 되었을 무렵, 그는 음료 레시피를 잘 못 외웠다. 완벽하게 숙지하기까지 상당한

시간이 걸렸는데 잘하고 싶은 의욕에서 비롯된 긴장 때문이었던 것 같다. 반복되는 설명에도 계속 틀리거나 답을 못하는 그를 보며 답답해서 화가 날 때도 있었지만 실제로 화를 내지는 않았다. 아니, 낼 수 없었다. 잘하고 싶은 의욕이 앞선 그의 모습에서 진심 어린 열정을 보았기 때문이다. 자신에게는 늘 엄격한 그였다. 잘못된 부분을 반성하고 공부해왔다. 하지만 익숙지 않은 일이라 그런지 실수를 많이 했고, 그럴 때마다 자신에게 실망한 표정을 지었다. 그렇게 실수와 실망을 반복하며 J는 조금씩 주눅이 들었다.

J에게 이디야커피 메뉴 중에 가장 간단하고 쉬운 '바닐라라떼'를 교육하던 날, 나는 처음으로 그에게 화를 냈다. 아는 사람들은 알겠지만 바닐라라떼의 레시피는 너무 간단하여 틀릴 수가 없다. 하지만 그는 자꾸만 바닐라라떼의 레시피를 틀리게 대답했다. 나는 그와 같이 일하는 한 시간 동안 세 번쯤 기습적으로 틀린 부분에 대해서 물어봤다. 그러다 세 번째 틀

린 순간에는 너무나 화가 났다. 일부러 이러는 것 아니냐며 몰아붙이기도 했다. 그런 나를 보며 J는 다시 주눅이 들었고, 나는 이내 미안해졌다.

J, 지금 안 바쁜 시간이니까 나랑 밥 먹으러 갈래?

그렇다, 처음이니까 실수하는 게 당연한 거다. 지금 생각해봐도 바닐라라떼를 연속으로 세 번이나 틀린 것은 너무했지만, 그럴 수도 있다고 생각했다.

평소 나와 먹성이 비슷한 J를 데리고 나는 가게 근처에 새로 생긴 콩나물국밥집으로 향했다. 그 앞을 지나면서 몇 번이고 와보자고 기회만 찾고 있었는데, 오늘 같은 날에 가기 딱이다.

콩나물국밥집으로 가는 내내 그는 의기소침했다.

"괜찮아. 첨엔 다 그렇지 뭐. 그럴 수 있어. 누구나 다 그래. 너무 안 좋게 생각하지 마."

국밥집 테이블에 앉아서 음식을 기다리는 내내 나

는 그를 달래주었다.

이윽고 음식이 나왔다. 우리는 식사를 시작하고 시답잖은 농담을 주고받으면서 곧 웃음을 되찾았다. 반쯤 먹었을까. 그가 어느 정도 긴장이 풀렸다고 생각하여 방심한 나는 절대 하지 말아야 할 질문을 꺼냈다.

"바닐라라떼에 바닐라 파우더 몇 스푼?"

J는 또다시 정답을 맞히지 못했고, 나는 나머지 밥을 먹는 내내 이걸 왜 모르냐며 다그쳤다. 혼내려고 했다기보다 진짜 궁금했다. 이야기를 꺼내고 나니 생각보다 길어졌고, 그는 그 뒤로 한 숟갈도 더 들지 못한 채 반성하는 표정만 짓다가 가게를 나왔다.

그로부터 한 달이 지나고 드디어 J는 모든 메뉴를 마스터했다. 지금은 어떠냐고? 아마 눈을 감고도(진짜로) 전 메뉴를 정확하고 신속하게 만들 수 있을 거다.

우리는 그 이후에도 몇 번이나 콩나물국밥집 얘기를 꺼내면서 깔깔 웃곤 한다. 함께한 시간이 긴 만큼 수많은 끼니를 함께했고 근처 식당들도 자주 갔지만 무슨 이유인지 그날 이후로 그 콩나물국밥집에는 한 번도 함께 가지 않았다.

콩나물국밥 사건이 있고 몇 개월이 지났을까?

J는 일에 빠르게 적응하며 놀라운 성장 속도를 보여주었다. 그러다 우리 둘에게 청천벽력 같은 사건이 벌어졌다.

우리는 하루에도 에스프레소 머신의 추출 버튼을 적게는 수십 번, 많게는 수백 번을 눌렀다. 그러다 보니 추출 버튼은 원래의 모습이 잊힐 만큼 다 까졌다. 나는 슬슬 머신의 생존이 걱정되었고, J에게 가능한 한 살살 누르라고 당부했다. 하루는 내가 볼일을 보러 잠시 가게를 비운 참에 그에게서 전화가 왔다. 어느 자영업자나 마찬가지겠지만, 나는 가게에서 전화가 오면 바짝 긴장이 된다. 대개는 좋은 일이 아닌 경우라서. 나는 급히 전화를 받았고, J는 더듬더듬 말을 이었다.

사고쳤어요…….

기껏해야 잔이라도 깼겠거니 생각하고 괜찮다, 무슨 일이냐, 하고 물었다. 그런데도 쉽게 입을 떼지 못하는 J. 그길로 가게에 달려가보니 에스프레소 머신의 추출부 버튼 뭉치가 통째로 부서져 있었다. 스테인리스로 만들어진 기계 본체와 달리 버튼 부위는 검은색 플라스틱으로 마감되어 있는데, 그 부분이 깨진 채 빠진 거다. 지금 이 글을 쓰면서 그 장면을 떠올리니 정말 웃음이 난다.

"아니, 이걸 그냥 평소대로 눌렀는데……."

말을 잇지 못하는 그의 표정은 울기 직전이었다. 나는 당황스러운 한편, 웃음이 나왔다. 분명 그가 부순 게 아닐 것이다. 머신의 짧은 일생 동안 힘을 받을 대로 받아서, 낡아서 그렇게 되었을 것이다. 버튼 뭉치는 더 이상 작동하지 않았다. 다행히 추출구가 두 곳이라 반대쪽으로만 사용하기로 하고 긴급 서비스

센터에 연락했다. 다음 날, 수리기사는 고장이 난 부위를 통째로 새것으로 교체했다. 수리 비용으로 40만 원 가깝게 지불한 것으로 기억한다. 그는 수리기사가 떠난 후 영수증에 적힌 금액을 보고 더 자책하는 것 같았다.

"괜찮아, 앞으로는 살살 쓰자. 그리고 오늘은 일 끝나고 같이 술이나 한잔하며 잊자. 회식이다."

나는 웃으며 말했다. 그리고 J가 가게에 오기 전까지 나의 큰 버팀목이 되어줬던 Y를 불렀다. 우리 셋은 가게 근처의 실내포차에 가서 이런저런 일 얘기를 하면서 밤늦게까지 웃음꽃을 피웠다. 집에 가려고 일어서려는데 J는 갑자기 꼬막무침을 시켜달라고 고집을 피웠다. 이미 안주를 배부르게 많이 먹은 뒤였다. 그래도 하루 종일 마음고생을 했을 J를 달래주기 위해 꼬막무침을 주문했고, 맛있게 잘 먹었다. 포장마차를 나와서는 내일 보자며, 이제 과거는 다 잊고 화이팅이다를 몇 번이나 외쳤는지 모르겠다.

이튿날, 나는 10시쯤 깼다. 혹시나 하는 느낌에 휴대폰에 연결된 가게 포스기를 확인했는데 가게 문이 닫혀 있었다. 아침 오픈을 담당하는 J가 안 나온 것이다. 나는 곧장 가게로 뛰어갔다. J에게 전화를 걸다가 끊고 Y에게 걸었다.

"J가 안 나왔어. 지금 가게로 가고 있는 중인데, 오늘 별일 없으면 점심시간까지 가게에 와줄 수 있어?"

Y는 흔쾌히 알았다고 했고, 약속한 점심시간보다 삼십 분 일찍 가게로 왔다. '2+1'이었다며, 숙취 해소용 음료 세 병을 들고 말이다. J가 어제 속상했는지 술을 많이 마시더라며, 우리는 J를 걱정하며 오전 장사를 마무리했다. 나는 J가 오늘 일로 얼마나 더 자책할지 염려가 되었다. 하지만 그를 걱정할 새도 없이 가게의 가장 바쁜 시간인 점심시간이 찾아왔고, Y와 나는 예전처럼 능숙하게 호흡을 맞췄다.

휘몰아치는 손님들 사이로 J가 죄송하다며 뛰어 들어왔다. 허겁지겁 일하려고 들어오는 J에게 나는 숙취 해소용 음료를 건네면서 잠시 앉아서 쉬고 있으라는 손짓을 했다. 그 이후로 한 시간이 넘게 가게는 바빴고, J는 차렷자세로 가만히 '앉아' 있었다. 나중에 들어보니 그에게 그 한 시간이 지옥 같았고 한다.

드디어 바쁜 시간이 지나고 나는 그와 대화를 나누었다. 절대 다시는 이런 일이 없도록 하겠다는 그의 눈에서 나는 진심을 보았다. 그로부터 J는 한동안 술을 입에도 대지 않았으며, 팔 년을 넘게 일하는 동안 단 한 번도 무단결근을 하지 않았다. 그 뒤로도 우리는 수많은 술자리를 함께했지만 무슨 이유인지 그날 이후 한 번도 꼬막무침을 안주로 시키지 않았다.


일할 때면 몸에 힘이 들어가 있는 걸로 보아 J는 늘 긴장을 하고 있었던 것 같다. 큰 몸집에 비해 행동이 빠르고 동작이 큰 J에게 우리 가게의 바 안쪽 공간은 상당히 제한적이었을 터였다. 인형의 집에 들어간 어른처럼 말이다. 그래서인지 종종 몸으로 물건들을 건

드려 넘어뜨리거나 깨곤 했지만, 나는 J에게 더는 잔소리하지 않았다. 그럴 때마다 J가 자책하며 괴로워하는 게 눈에 보였으니까. 물론 지금은 그 좁은 공간에 완전히 적응하여 날아다니지만.

이렇게 몇 번의 '흑역사'를 기록한 J는 이제 우리 가게의 든든한 기둥이 되었다. 그런 J를 보며 나도 바뀐 점이 하나 있다. 직원을 채용할 때의 기준이 조금 달라진 것이다. 이제는 카페 일의 많은 부분을 이미 알고 있는 경력자나 일의 습득이 빠른 사람보다 친절하고 인성이 좋은 사람을 선호한다. 기술적인 부분은 시간이 지나며 누구나 비슷비슷해지지만, 타고난 성격이라는 건 쉽게 바뀌지 않으니까. 아무리 맛있는 음료도 진심이 담긴 서비스로 제공되지 않으면 고객 만족은 이루어지지 않는다.

J는 우리 가게의 전성기를 맞아 더욱 물오른 기량을 보여주었고, 나는 늘 그에게 보답해야 한다는 생각을 가지고 있었다. 그러다 2017년, 또 다른 도전을 준

비하고 있던 나는 내가 가장 좋아하는 두 사람, 꼬막 패밀리인 J와 Y에게 넌지시 동업을 제안했다. 그들은 흔쾌히 동의했고, 그렇게 나의 두 번째 창업이자 우리 셋의 첫 번째 동업이 시작되었다. 장소는 이디야커피 둔촌점에서 그리 멀지 않은 곳에 위치한 '카페베네 둔촌고교사거리점'.

좋아하는 친구들과 동업을 준비하는 과정은 설렘 그 자체였고, 첫 번째 창업이 나름 잘되고 있어서 나의 자신감이 하늘을 찔렀다. 그때만 해도 나는 카페 창업의 최강 드림팀이 모였다고 생각했으니까.

일의 습득이 빠른 사람보다
친절하고 인성이 좋은 사람을 선호한다.
기술적인 부분은 시간이 지나면
누구나 비슷비슷해지지만,
타고난 성격이라는 건 쉽게 바뀌지 않으니까.

카페베네와 비타차

나의 오래된 친구이자 동생인 Y와 J는 손님 응대에 능숙했고, 커피를 전문적으로 제조할 수 있는 능력도 뛰어났다. 그사이 경험도 꽤 갖춘 데다 둘 다 키도 크고 잘생겼다. 나는 이 둘과 함께 창업을 한다면 그 매장은 무조건 잘될 수밖에 없다고 생각했다. 무엇보다 함께 일하는 매 순간이 재밌고 행복할 것 같았다. 오랜 숙고 끝에 나는 그들에게 조심스럽게 공동 창업을 제안했고, 우리는 동업의 형태로 이디야커피 매장을 함께 오픈하기로 했다. 나에게는 두 번째 매장이 될 예정이지만, 두 사람에게는 첫 창업이다.

그렇게 이디야커피 신규 자리를 알아보던 중에 우리는 갑작스럽게 방향을 틀어 같은 자리에서 팔 년 동안 운영해온 카페베네 점포를 인수했다.

왜 하필 그 브랜드를, 이 시기에?

주변의 모두가 이해하지 못했다. 솔직히 나도 그때

의 내가 이해가 안 된다. 다만 당시의 나는 자신감이 하늘에 닿아 있었고, 그로 인하여 잘못된 선택을 한 것 같다.

　다른 프랜차이즈도 마찬가지겠지만 이디야커피 본사의 점포개발팀은 매일 새로운 매장 후보 자리를 물색한다. 나는 본사에 신규 매장을 하나 더 내고 싶다는 의사를 타진했다. 그로부터 며칠 후, 점포개발팀에서 내가 원하는 지역의 후보 자리를 한 곳 알려주었다. 새로 지은 빌딩이었고, 1층의 점포 네 곳에 '임대문의' 현수막이 붙어 있었다. 가게 자리를 확인한 후 우리는 몇 날 며칠을 고민하다가 직접 그곳에 가서 주변을 탐색해보고 결정하기로 했다. 그러나 밖에서 겉만 보는 건 아무래도 한계가 있었다. 나는 무작정 건물 근처에 있는 부동산으로 들어가 가게 안에 들어갈 구실을 늘어놓았다.
　"그러고 보니 여기 옆에도 좋은 카페 자리가 있는

데 오신 김에 보고 가시겠어요?"

가게 안 곳곳을 둘러보고 돌아가려는 찰나, 공인중개사가 지나가는 말로 덧붙였다. 나는 장단이나 맞춰줄 요량으로 그곳이 어디냐고 물었고.

공인중개사가 알려준 바에 의하면 매출이 적지 않은 곳이었다. 상권도, 가게 자리도 좋았다.

'어라? 이것도 괜찮겠는데?'

나는 예상치 못한 고민에 빠지고 말았다. 그리고 그렇게 카페베네와 만나게 되었다.

지금 생각해보면 꼼꼼하게 첫 번째 창업을 준비하던 나와 그때의 나는 180도로 다른 사람이었던 것 같다. 우선 마음이 급했고, 부끄럽게도 자만심에 차 있었다. 장사를 몇 년 해보니 생각 외로 일이 만만하게 여겨졌고, 일단 내가 하면 무조건 잘될 거라고 생각했다. 무엇보다 좋아하는 친구들과 함께할 거라는 사실이 내 선택을 재촉했다.

그동안 나는 작은 점포가 가진 여러 한계를 느꼈는데, 그중에서도 여유 공간이 늘 아쉬웠다. 직원들을 위한 스텝룸은 고사하고 메뉴는 점점 늘어나는데 수납장이며 냉장고를 추가로 넣을 공간이 부족했다. 창고는 꿈도 못 꾸었다. 반면 눈앞의 카페베네 매장은 이 모든 걸 갖추고 있었다. 주방이며 수납 공간이 널찍했다. 50석 이상의 좌석을 보고 있자니 이전에는 상상도 할 수 없었던 단체 손님 수용도 가능해 보였다. 나는 점점 희망에 부풀기 시작했다. 잘생긴 Y가 커피를 내리는 장면과 이디야커피 둔촌점 친절왕 J가 손님을 향해 웃는 모습이 오버랩되었다. 카페베네라는 좋지 않은 브랜드 이미지와 높은 임대료가 마음에 걸렸지만, 자칭 '카페 드림팀'인 우리라면 능히 해낼 수 있을 거라는 자신감이 차올랐다.

카페베네는 한 시대를 풍미한 유명 브랜드이지만 이제는 생존한 점포를 찾아보는 것조차 매우 힘들어졌다. 성공 신화라고 불리며 최고의 자리에 잠깐 올랐지만, 빠른 성장 속도만큼 빠르게 불거진 여러 구조적인 문제점들로 인하여 그 명성은 급격히 쇠락했다. 지금은 대중들에게 한물간 카페, 실패한 프랜차이즈의 대명사, 문어발식 확장의 안 좋은 예 등의 부정적인 이미지로 남아 있을 뿐이다. 우리가 가게를 인수하던 당시에도 이 브랜드의 이미지는 크게 다르지 않았다. 우리 셋 다 카페 현장에서 일하고 있었기에 이 사실을 누구보다 잘 알고 있었지만, 첫 동업에 들떠 현실을 외면했다. 우리 셋의 자신감과 열정이라면 망해가는 브랜드도 살려낼 수 있으리라 자만했다. 그렇게 계약서에 도장을 찍으며 나의 두 번째, 아니, 우리의 첫 번째 공동 창업이 시작되었다.

매장을 인수하고 제일 먼저 한 일은 매장을 새롭고 젊은 분위기로 바꾸는 것이었다. 일단 외관을 바꾸고 싶었다. 낡은 간판을 새것으로 바꿔 달고 창문에는 디자인 시트를 붙였다. 당시 나름 인기 있던 카페베네의 베이글과 크림치즈 메뉴들도 전부 들여와 진열했다. 낡은 메뉴판을 LED TV 메뉴판으로 바꾸고, 기존에 잘 팔리던 빙수 메뉴와 베이커리 메뉴도 더 다양하게 보강했다. 새롭게 바뀐 매장을 알리기 위한 이벤트도 준비했다. 그렇게 가게를 정비하던 중, 내 눈에 메뉴 홍보물 하나가 들어왔다. 바로 '리얼 비타차'.

주문하는 카운터 앞에 서면 가장 눈에 잘 띄는 곳에 놓인 비타차 홍보물을 보니 전 사장님이 하신 말씀이 생각났다.


비타차는 우리 가게에서 최고로 인기가 높은 상품입니다.


나는 바로 비타차를 검색해보았다. 2015년에 출시된 것으로, 이미 단종된 시즌 메뉴였다.

'아니, 이 년이나 지난 시즌 메뉴를 판다고?'

나는 바로 없애야겠다고 생각했다. 우리가 추구하는 젊은 카페, 새로운 분위기의 카페를 만드는 데에 비타차는 큰 걸림돌이 될 것 같았다. J와 Y도 나의 의견에 동의했고, 우리는 직원들에게 의견을 물었다.

비타차를 없애면 절대 안 될걸요?

우리 가게에서 제일 잘 팔리는 메뉴라며 직원들이 입을 모아 만류했다. 이쯤 해서 독자분들은 비타차가 무엇인지 무척 궁금하실 것 같다. 간단히 설명하자면, 비타차는 과일이 토핑된 자몽차다. 내열 유리잔에 자몽청을 듬뿍 넣고 뜨거운 물을 가득 담은 후에 레몬과 라임, 오렌지를 슬라이스하여 통으로 한 조각씩 넣는다. 그리고 나서 전자레인지에 이 분 동안 돌려 더 뜨겁게 만든다. 물이 끓어 토핑 과일들의 과육과 껍질에서 비타민이 듬뿍 우러나는 차인데, 손님에게 낼 때는 반드시 이 멘트를 덧붙여야 한다.

잘 저어서 드시고 과일은 껍질까지 씹어서 드세요!

　그냥 들으면 맛있어 보이는 과일차이지만 열정 넘치던 청년 사장들의 눈에 이 메뉴는 너무 낡아 보였다. 이름부터 싫었다. 세련되지 않다고 생각했다. 그래서 남아 있는 재료만 팔고 단종하자고 홍보물을 과감히 치워버렸다. 그리고 오픈 첫날이 밝았다.

　홍보물을 치워놓았는데도 손님들은 하나같이 비타차만 찾았다. 아메리카노와 비타차의 판매 비율이 거의 5대 5였다. 보통 카페에서 아메리카노 대 아메리카노를 제외한 모든 메뉴의 판매 비율이 5대 5쯤인데.

　내가 틀린 것이다. 나는 재빠르게 홍보물을 원래 자리로 돌려놓고, 비타차 재료들을 준비했다. 하지만 마음속으로는 여전히 틀림을 인정하지 않았다. 오히려 기존 손님들에게 더 멋진 신메뉴들을 빨리 선보여 비타차 같은 것을 더 이상 찾지 않게 만들어야겠다고 다짐했으니까. 물론 이 또한 잘못된 생각이었다.

시간이 한참 흐르고 나서야 우리는 패배를 인정했다. 부랴부랴 비타차를 메인 메뉴로 돌리는 등 판매 전략을 바꿨지만 시기를 놓치고 말았다. 이미 비타차 단골손님이 줄어들기 시작했으니까. 우리는 초심의 열정으로 최고의 서비스를 했다. 기존 직원들에게 받은 정보로 단골들 얼굴과 그들이 좋아하는 음료 메뉴를 다 외웠고, 가끔은 테이블로 가서 인사를 드리며 서비스도 챙겨드렸다. 그럼에도 단골들은 발길을 끊었다. 우왕좌왕 문제 해결에 고심하던 우리는 단골들이 등을 돌린 건 비타차에 들어가는 자몽청이 원인이었다는 걸 알았다. 이전의 사장님은 가게의 주 손님층인 중년 손님들이 좋아할 만한 비타차가 출시되자마자 강력 추천 제품으로 만들었고, 반응이 나쁘지 않자 자몽청을 직접 제조했다. 다시 말해 전 사장님의 손맛이 단골들에게 어필하면서 매장의 스테디셀러로 남았던 것이다.

사실 재료를 직접 제조하거나 본사를 통하여 구매

하지 않는 건 프랜차이즈 계약에 어긋나는 일이다. 따라서 우리는 그동안 본사에서 조달받은 자몽청만 고집했다. 그게 맞다고 생각했으니까.

하지만 틀렸다. 손님들은 사장이 바뀌자마자 비타차의 맛이 변한 걸 귀신같이 알아챘다. 우리가 아무리 친절하게 서비스해도 맛이 변했으니 떠날 수밖에. 결국 충성도가 높은 기존 손님들이 가게 인수 초반에 비해 절반가량 이탈했다. 문제는 비타차만이 아니었다. 전 사장님은 허니브레드를 만들 때 바르는 버터 역시 직접 제조했다. 이때는 우리도 가맹 계약 위반이고 자시고 간에 전 사장님의 레시피를 알아내어 똑같이 제조했다. 허니브레드 역시 우리 가게의 최다 판매 상품이었는데 비타차로 맛본 실패를 더는 반복할 수 없었다. 그렇게 전 사장님의 주먹구구식 운영을 보완하고 젊고 새롭고 체계적으로 가게를 살려보자고 했던 '잘난' 우리의 노력들은 다 반대로 흘러갔다.

우리는 몰라도 너무 몰랐다. 더 큰 문제는 당시에

는 이 사실조차 인지하지 못했다는 점이다. 오히려 새롭게 준비한 맛있는 메뉴들이 왜 팔리지 않는지 불만을 터트리기 일쑤였다. 물론 신규 손님의 유입도 조금씩 늘고는 있었다. 전에 없던 젊은 손님들이 찾아온 것이다. 하지만 유입되는 손님보다 이탈되는 손님의 수가 훨씬 더 많았고, 우리 가게의 매출은 시간이 갈수록 서서히 줄어들었다.

우리가 막 가게를 열었을 때, 카페베네 본사는 자본 잠식에 가까운 상태였지만 새로운 대표이사를 선임하는 등 나름 경영 쇄신을 꾀하고 있었다. 새로 취임한 대표이사는 새로운 원두배합으로 맛있는 커피를 만들어냈으며 베이글 메뉴들을 출시하여 다시 이전의 영광을 꾀할 시도를 했다. 우리도 그가 직접 바꿨다는 커피와 베이글을 먹어보고 창업을 결정했다. 하지만 창업 후에 들어가본 물류 주문 사이트에는 품절이라고 적힌 품목들이 많았다. 아니, 거의 80퍼센트

품절 상태였다. 당황하여 담당 슈퍼바이저에게 문의하니 직접 사입해서 쓰라는 황당한 답변이 돌아왔다. 그렇다면 현재 운영 중인 가맹점 7백여 곳 모두 그렇다는 말인가? 엄청난 충격이었다. 본사가 물류의 공급 능력을 잃고 사입 제품을 허용하다니! 이 말인 즉 카페베네 본사는 본사로서의 기능을 상실했다는 것을 인정한 셈이고, 가맹점들은 그야말로 각자도생해야 한다는 뜻이다. 각기 다른 재료로 각기 다른 메뉴를 만들어 팔고, 신제품이 나오든 말든 알아서 살아남아야 한다. 이전 사장님이 직접 레시피를 만든 것도 어떻게 보면 생존을 위한 최고의 전략이었던 거다.

빙수가 많이 팔리는 카페베네의 성수기인 여름이 지나고 가을이 되었다. 어느새 카페베네 둔촌고교사거리점의 월 매출은 매장의 규모가 6분의 1인 이디야커피 둔촌점보다 낮아졌다. 원두와 우유를 주문하기 위해 들어간 물류 사이트의 공지사항도 이디야커피의 그것과는 매우 달랐다. 신제품 출시와 이벤트 공지가 대부분인 이디야커피와 달리 카페베네에는 부채를 얼마 상환했다, 투자 유치를 받는 중이다 등의 글들로 가득했다. 해가 바뀌었고, 불안한 본사의 상황처럼 가게의 매출은 점점 더 떨어졌다. 대형 매장 특유의 엄청난 월세와 인건비로 인해 적자의 폭도 점점 커져갔다. 늦었지만 우리는 얼마 남지 않은 단골손님들을 잡기 위해 최선을 다했다. '이래도 안 와?' 식의 공격적인 할인 이벤트도 끊임없이 기획했지만 더는 버틸 수가 없었다. 결국 20개월의 영업을 끝으로 우리는 폐업을 선언했다.

호기롭게 시작한 첫 동업이 첫 폐업의 쓰라린 경험으로 남기까지 짧다면 짧고 길다면 긴 그 과정이 지금도 내 머릿속에 강렬하고 세세하게 남아 있다. 차마 글로 옮기지 못한 일들도 많다. 다만 확실하게 말할 수 있는 건 실패를 안겨준 이 경험은 그 누구의 탓도 아니다. 잘못된 선택을 한 나의 탓이다.

폐업을 결정하고, 얼마 남지 않은 보증금을 돌려받기까지의 과정 또한 순탄치 않았다. 그 과정에서 안 배워도 될 일도 많이 배웠고, 겪지 않아도 될 경험도 많이 겪었다. 무엇보다 J와 Y에게 폐업의 상처를 겪게 한 것이 아직도 많이 미안하다. 사실 후회해봤자 소용없다는 걸 알면서도 지금도 그때 다른 선택을 했다면 어땠을까 종종 생각한다.

가끔 나는 집 근처에 위치한 '카페베네 둔촌고교사거리점' 자리를 지나간다. 지금 그곳에는 수입자동차 판매점이 들어서 있다. 좋은 경험이 아니라 잊고 싶을 법도 한데 나는 그날의 내가 가끔 그리워진다.

인생이 승승장구할 줄만 알았던 그 시절의 내가 몇 번의 실패를 겪고 있는 현재의 나를 보면 어떤 생각이 들까? 지금의 나에게 이런 말을 건네지는 않을까?


왜 이리 주눅 들어 있어? 넌 뭐든 할 수 있다고!

둔디야 만화카페는 행복한 기억

시작은 이디야커피의 확장을 꿈꾸면서였다. 창업한 뒤로 매출은 꾸준히 상승했지만 열 평 남짓한 이 작은 가게에서 올릴 수 있는 매출은 한계가 있었다. 그리고 이제는 그 상승치 한계에 도달한 것 같아 점포 확장을 고민할 때였다. 확장 이전을 하든가 지금 가게의 아래나 위, 옆 점포를 추가로 임대하여 확장 공사를 해야겠다고 생각했다.

몇 날 며칠을 고민했지만, 지금 가게의 위치를 옮기고 싶지는 않았다. 자연스레 확장 이전은 선택지에서 빠졌다.

그렇다면 가게 주변의 상황을 살펴봐야지. 가게 옆 문구점은 나갈 의사가 없어 보이니 위아래층인가?

관리실을 찾아가 이런저런 설명을 했는데, 위아래로 공간을 트는 건 현행 건물 규정상 절대 안 된다고 했다. 확장 공사를 할 수 없다는 이야기에 실망한 내가 안쓰러웠을까? 관리실에서 우리 가게 바로 밑, 지하 1층에 40평짜리 공간이 매물로 나와 있다고 언질을 주었다. 그리고 그날 나는 그 공간에 꽂혀버렸다.

지금 가게 뒷문으로 나가면 건물의 중앙계단이 나오는데, 중앙계단으로 내려가면 바로 그곳이 나온다. 한창 장사가 잘되던 시기라 좌석이 부족해 돌아가는 손님들이 많았는데 이곳이 있다면…….

그리하여 나는 나의 소중한 가게의 성장, 즉 매출 상승을 위하여 이 공간을 임대하기로 결정하고는 곧장 '매출 수직 상승'이라는 원대한 목표를 품고 계획 세우기에 돌입했다. 확장에서 창업으로, 비록 방향은 바뀌었지만 '이디야커피의 매출 상승'이라는 우선 순위는 바뀌지 않은 채로.


당시 창업가엔 만화카페가 붐이었다. 디지털시대를 거스르는 듯한 아날로그한 책의 감성, 깔끔하고 편안한 인테리어, 퀄리티 높은 음료 서비스, 맛있는 한 끼 식사 등을 무기로 내세워 여러 손님층을 끌어들이고 있었다.

그래, 만화카페! 바로 이거다!

내 머릿속에는 활용 가능한 아이디어가 넘쳐났다. 처음에는 이디야커피를 이용하는 손님들을 위한 저예산 쉼터 정도로 생각했지만, 본격적으로 가게에 손을 대자 그 규모는 점점 더 크게 부풀었다. 인테리어와 주방집기를 시작으로 만화책 구성에 이르기까지, 나는 꽤나 정성을 들여 알아봤다. 커피머신부터 내부 설계와 메뉴판 디자인에 이르기까지, 하나하나 내 손을 거친 첫 개인 창업 공간을 어설프게 만들 수는 없었다. 가능한 한 좋은 것, 최고의 것으로 선택했다.

예산은 어느새 눈덩이처럼 불어났다. 예산 충당을 위해 삼 년 전에 구입한 나의 소중한 BMW도 팔았다. 가게에서 머무는 시간이 길고 집도 가까우니 차는 필요 없다고 판단했다. 만화카페는 소중한 차를 희생할 만한 가치가 있는, 절대로 실패하지 않을 사업이라는 확신에 가득 찼다. 구상도 끝났고, 최종적으로 이디야커피 본사 슈퍼바이저에게 메뉴 판매에 문제가 없는지 확인을 마쳤다. 그렇게 이디야커피 메뉴를 판매하는 전무후무한 만화카페 '둔디야 만화카페'가 탄생했다.

둔디야 만화카페의 성공 필승 전략은 크게 세 가지였다.

첫째, 이디야커피와의 강력한 시너지 효과. 이디야커피의 검증된 음료, 베이커리, 빙수 등 메뉴를 둔디야 만화카페에서는 '이용요금+음료세트'로 묶어서 저렴하게 팔았다. 크로스 이벤트로 이디야커피를 구매한 손님에게는 만화카페 무료체험권을 증정했고, 둔디야 만화카페를 이용한 손님에게는 이디야커피 무료음료권을 주었다. 둔디야 만화카페의 유일한 단점이라고 생각했던 위치는 이디야커피를 통해 해결했다. 접근성이 좋은 이디야커피 앞뒤에 홍보물을 배치하여 고객을 유입한 것이다. 동네 마을버스 회사와 광고 계약을 맺어 홍보물을 부착하고, 길거리로 나가 전단지도 돌리는 등 할 수 있는 홍보는 모조리 다 했다.

둘째, 편안하고 특색 있는 공간. 열여섯 개의 나무 방을 만들고, 중앙 공간에는 편안한 소파들을 배치했다. 만화책을 좋아하지 않는 손님을 위하여 보드게임, 스마트TV, 오락기 등도 들여놓았다. 평소 고양이를 좋아했기에 공간이 확보되자마자 고양이 세 마리(둔디, 레고, 오냐)도 입양했다. 세 녀석은 어느새 우리 가게의 마스코트가 되었고, 가게 입소문의 일등공신이 되었다.

셋째, 둔디야만의 시그니처 메뉴. 나는 어려서부터 친구였던 M에게 매니저를 맡아달라고 부탁했다. 만화책 마니아이자 친구들 사이에서 라면 끓이기 장인으로 유명했던 M을 창업을 구상한 직후부터 스카우트하려고 마음먹었다. 그리고 가게 오픈을 두 달 앞두고는 매일 밤 M과 메뉴 개발에 열을 올렸다. 그게 연구였는지 그냥 맛있게 먹기 대회였는지는 여전히 불분명하지만. 우리는 볶음밥, 라면, 떡볶이, 야끼소바를 최종 메뉴로 선정하고 레시피를 만들었다. 맛있으면서도 간단하고 특색 있게 레시피를 정리하는 건 진짜 어려운 일이었다. 실패도 많이 했고, 실패한 덕에 살도 아주 많이 쪘다. 그 모든 과정이 힘들거나 고되지도 않았다. 여전히 행복한 기억으로 남아 있다.

둔디야 만화카페는 장사를 시작한 이후로 내가 가장 좋아하는 공간이 되었다. 내가 좋아하는 고양이와 만화책, 게임 들이 잔뜩 있고, 바닥 쿠션에서 전등까지 내가 결정하지 않은 것이 없었다. 홍보물 제작을 위해 디자인도 배웠다. 그야말로 하나부터 열까지, 모든 걸 내 손으로 직접 만들었고, 가게 곳곳은 나의 흔적으로 가득했다. 나의 분신 같은 이곳은 친구들과의 모임 장소가 되고, 매일 밤 이디야커피를 마감하고 난 뒤 피로를 풀어주는 힐링 공간이 되어주었다.

내 열정을 차곡차곡 쌓아 만든 둔디야. 이렇게나 애정을 기울인 이곳의 장사는 과연 잘되었을까?

개업하고 이 년차까지는 장사가 그럭저럭 잘되었

으나 만화카페 유행이 사그라들면서 손님이 점점 줄기 시작했다. 메뉴 주문이 줄어드니 식자재 관리도 어려워졌다. 파는 것보다 버리는 양이 많았다. 손님 유치가 어려워지니 만화책 신간도 발매일보다 다소 늦게 들여오게 되고, 가끔은 가게 문도 일찍 닫았다. 가장 큰 변화는 나의 애정이다. 이디야커피와 달리 가게로 들어오는 손님이 아예 없는 시간대도 있었는데, 그 시간 동안 가게를 지키는 일이 굉장히 무료했다. 그 무료함은 곧 엄청난 우울함으로 바뀌었다. 그러자 둔디야에 내려가는 일이 눈에 띄게 줄었다. 안팎에서 악순환이 일어난 것이다.

끝이 보인다고 생각했지만 끝낼 수는 없었다. 현상유지만 된다면 이디야커피를 위해서라도 둔디야는 무조건 유지하기로 다짐했던 나다. 하지만 현상유지가 적자로 바뀌자 초조해지는 마음은 어쩔 수 없었다.

매출을 보고 그만두고 싶은 마음이 들 때마다 마음을 다잡았다. 새로운 이벤트와 새로운 메뉴, 새로운 홍보물을 배치하고 인테리어를 조금씩 바꿔가면서. 그렇게 낡은 소파들을 몽땅 버리고 새로운 안락의자를 들여 기분좋게 리모델링을 완료한 2020년 1월, 코로나 바이러스가 찾아왔다.

한적하고 멋진 해안도로 옆, 본인이 좋아하는 소품들을 한데 모아 장식한 카페가 있다. 본인이 좋아하는 음악을 들으며 직접 로스팅한 원두로 커피를 내려 마신다. 좋아하는 책을 읽으면서 여유롭게 바다를 바라본다. 오전 네 시간 동안 손님은 한 명도 없다. 멋진 파도만 칠 뿐. 본인이 좋아하는 것으로 꾸민 가게를 여는 건 모두의 '로망'이겠지만 돈이 아주 많은 사람이 아니고서는 하지 않는 게 좋다. 장사는 로망이 아니라 실전이다.

예전에 프랜차이즈 카페를 창업한 이유를 묻던 친구에게 내가 한 대답이다. 둔디야 만화카페를 창업하기 육 년 전이다. 그때 예를 들었던 해안 카페의 상황과 둔디야 폐업을 선언한 나의 상황이 꼭 들어맞는다고는 생각하지 않는다. 그래서 나는 지금도 나의 실패이유를 가끔 생각해본다. 반성을 위해 시작한 추억여행은 시간을 굽이굽이 돌아 늘 행복했던 기억으로 끝나지만.

둔디야 만화카페를 폐업한 지 어느덧 일 년여가 지났지만 가끔 폐업 사실을 모르고 왔다가 돌아가는 분들이 있다. 오늘도 오랜만에 보는 젊은 커플이 이디야커피 뒷문을 빼꼼 열고 물어본다.

"사장님, 밑에 만화카페는 이제 안 하시나요?"

나는 죄송하다고, 문을 닫았다고 인사를 드린다. 저분들에게도 둔디야 만화카페는 행복했던 기억으로 남아 있기를 바라면서.

둔디야아

"둔디야아."

'둔디'를 크게 불러본다. 둔디는 불러도 잘 오지 않는 고양이이다. 둔디는 코리안숏헤어종으로 짧은 털과 예쁜 얼굴이 특징이다. '레고'나 '오냐'와 달리 애교가 없고 자주 칭얼댄다. 태어나자마자 버려져 길거리에서 구조된 둔디는 셋 중 겁도 가장 많았다. 둔디야 만화카페의 마스코트들 중에 인기가 제일 없었지만, 마니아를 두고 있는 녀석이었다.

'둔디야'라는 만화카페의 상호명은 사실 이 녀석의 이름에서 비롯된 것은 아니다. 만화카페를 만들기 수년 전부터 나와 친구들 사이에서 '이디야커피 둔촌점'은 '둔디야'라는 별칭으로 통했다. 그 별칭은 결국 둔디야 만화카페의 이름이 되었고, 카페에 고양이를 입양하면 이름을 둔디라고 지어야겠다고 생각했다. 언어유희를 완성했다고 혼자서 꽤나 흐뭇해하면서.

레고는 페르시안 친칠라종이다. 아이보리색 긴 털

이 복슬복슬하고 무척 귀엽게 생겼다. 먹보 고양이로, 늘 문 앞에서 나를 기다리곤 했다. 얌전하고 짜증을 잘 부리진 않지만, 목욕이나 미용 같은 본인이 참을 수 없는 상황이 되면 갑자기 공격을 해오는데 힘이 장사다. 레고 발톱에 긁힌 상처가 아직도 팔에 희미하게 남아 있다.

오냐는 노르웨이숲종이다. 털이 길고 우아한 매력을 가지고 있다. 셋 중에 가장 어른스럽다. 과묵하지만 가끔 울 때면 정말 귀여운 소리가 난다. 다행히도 셋 다 사람을 좋아해서 가끔 손님이 있는 방마다 거침없이 들어가 '꾹꾹이' 서비스도 해줬다.

둔디야 만화카페가 전성기를 이루던 2017년 여름은 늘 손님들로 인산인해였다. 주말에는 자리가 없어서 좌석 문의 전화가 올 정도였다. 둔디야의 리즈 시절, 우리 고양이 셋은 아직 아기 고양이였다.

고양이를 입양한 뒤로 가게 안에 대비할 것들이 많아졌다. 일단 고양이 알러지가 있는 손님들을 위해 알러지 약을 대량으로 구비해놓았다. 고양이들의 이름과 특징, 그 밖의 주의사항을 담은 홍보물을 만들어 손님이 머무는 곳곳에 부착해놓았다. 손님들의 지나친 관심에 지칠 경우를 대비해서 고양이들이 쉴 수 있는 방도 따로 마련해놓았다. 물론 고양이들은 쉬고 싶을 때마다 주방으로 들어오곤 했지만.

손님들 요청에 의해 고양이 간식도 팔았다. 아이들의 건강을 고려하여 하루에 팔 수 있는 개수를 최대 다섯 개로 정해두고 그 이상은 팔지 않았다. 셋 다 사람을 좋아해서 손님들을 잘 반겨주었고, 손님 대다수는 그 아이들의 재롱에 만족스러워했다. 그제야 우리 가게만의 아이덴티티가 생긴 것처럼 느껴졌다.

둔디야가 성행하던 시절, 나는 둔디야를 포함하여 카페 세 곳을 동시에 운영하고 있었다. 자연스럽게 만화카페 관리는 매니저를 맡아준 M에게 많이 의지했다. 해박한 만화 지식은 물론 라면도 기가 막히게 끓이는 M은 무엇보다 고양이 케어에 특별한 노하우가 있는 듯했다. 고양이들과 진심으로 교감하고, 그 아이들에게 온 정성을 다했다. 만화카페의 특성상 어린이 손님들이 꽤 있었는데, 그중에는 만화책이 아닌 고양이만 보러오는 어린이가 있을 정도였다. 문제는 가만히 한 시간 동안 고양이만 바라보는 어린이가 있는가 하면 간혹 따라다니면서 장난치는 어린이도 있다는 거다. 그리고 장난기 많은 손님이 등장한 날에는 M이 안절부절못했다. 조금이라도 고양이들이 힘들어 보이면 어김없이 나타나 중재에 나섰다.

"친구들, 그러면 안 돼요!"

거구의 몸집과 달리 하이톤의 친절한 목소리로 고양이들을 지켜내는 모습이란, 이제 와 생각해도 참 인상적인 장면이다.


시간이 흘러 가게의 매출이 서서히 줄어들고, 회심의 리모델링을 한 뒤에는 코로나 바이러스가 마지막 한 방처럼 손님을 모조리 앗아갔다. 나는 M과 둔디야의 폐업을 의논하기에 앞서 고양이들의 거취를 어떻게 해야 할지 고민했다.

"둔디는 무조건 내가 데려가야 해."

M이 먼저 말했다. 그가 둔디를 각별하게 생각하는 건 잘 알고 있었지만 다른 고양이들에게도 못지않은 애정을 쏟고 있는 걸 알았기에 그 이유를 물어봤다.

"둔디는 예민해서 내가 아니면 안 될 거 같아. 다른 사람이 데려갔다가 또 버림받으면 어떡해. 난 그게 너무 두려워."

그 말을 듣고 나는 적극 찬성했다. 당시 나는 M과 같이 살고 있었는데 M의 말은 둔디를 우리 집에 데려오겠다는 의미기도 했으니까.

예상한 대로 레고와 오냐는 인기가 정말 많았다. 입양 소문을 내기도 전에 데려가고 싶다는 문의가 쏟아졌다. 오냐는 이미 반려묘가 있는 시설이 좋은 가정집을 골라서 보냈다. 레고는 M이 둔디에게 쏟은 정성만큼이나 레고에게 애착을 보이던 둔디야 만화카페의 파트타이머의 집에 보냈다(역시, 젊은 친구들은 반려묘와 함께 사는 방법이 달랐다. 레고는 개인 인스타그램 계정까지 가진, 고양이계의 인플루언서가 되었다).

둔디야 만화카페가 영업을 종료한 지도 벌써 일 년이 지났다. 하지만 퇴근하여 집으로 돌아가면 늘 둔디가 문 앞에서 나를 기다렸다. 나는 반가운 마음에 둔디를 불러보지만, 둔디는 집에 온 인간이 M이 아니라서 약간 실망한 표정을 지었다(둔디야 만화카페를 닫은 뒤, M은 다른 곳에 취직했는데 늘 퇴근이 나보다 늦었다). 그래도 예의상 문 앞으로 나와 나를 삼 분 정도 반겨주고는 M의 방으로 쌩하니 돌아갔다.

지난해 3월 나는 M과 헤어져 다른 집으로 이사를 나왔다. 여전히 M과 함께 사는 둔디는 자신의 영역이 전보다 넓어지고, 큰 장난감들도 생겨 좋을 것이다. 그리고 나는 가끔 그의 집에 놀러간다.

"둔디야아."

둔디는 놀러온 나를 보고 인사도 하는 둥 마는 둥
스쳐 지나간다.
맞다, 둔디는 불러도 잘 오지 않는 고양이이다.

배달의 민족은 요기요!

시대의 트렌드는 늘 빠르게 변화한다. 2016년 즈음부터 배달 어플들이 조금씩 대중화되면서 배달 시장도 슬슬 커지기 시작했다. 이때부터 몇몇 카페에서 배달 서비스를 시작했다. 나도 배달 서비스를 하고 싶은 욕망이 꿈틀거렸다. 하지만 음료를 안전하게 밀봉할 방법을 찾지 못한 데다 배달 건수가 얼마나 있을지 알 수 없는 상황에서 고가의 밀봉 장비를 들이기에는 부담도 컸다. 아쉽지만 현실적인 여러 이유로 배달은 포기하고 있었다.

시간이 지나 2018년, 이디야커피는 배달 어플 '요기요'와 제휴를 맺고 배달 서비스를 론칭했다. 본사에서는 배달 서비스를 희망하는 가맹점을 모집했고, 나는 그중 첫 번째로 지원했다. 본사에서는 안전한 배달을 위해 '매직랩'이라는 제품을 사용하여 밀봉 포장을 하라고 알려주었다. 재빨리 매직랩을 구입하여 음료를 제조한 후에 밀봉 포장을 해봤다. 세상에, 신기하고 놀라웠다. 매직랩을 붙이자 컵을 거꾸로 뒤집어도

음료가 단 한 방울도 새지 않았다! 이름대로 마법<sup>Magic</sup>
같았다. 지금이야 음료 배달 산업이 대중화되어 캔으로 포장하는 캔 실링이라든가 비닐 랩으로 실링하는 신기술도 많이 나왔다. 하지만 매직랩은 지금까지도 물량이 부족할 정도로 불티나게 팔리고 있다.

이제 이디야커피는 요기요 외에도 여러 배달업체들과도 제휴를 맺고 배달 서비스를 제공한다. 배달 주문은 서서히, 그리고 조금씩 들어왔다. 그러다가 코로나 바이러스 이후로 전국에서 배달 수요가 현저하게 많아졌다. 물론 배달 전문 매장이 아닌 이디야커피의 배달 건수가 매장 매출을 좌지우지할 정도 많아졌다는 의미는 아니다. 전체 매출의 10퍼센트쯤이나 될까? 배달을 처음 시작했을 때에 비하면야 많아진 편이겠지만.

배달 주문이 늘어나는 데에 비해 배달 대행사는 생각만큼 효율적이지 않다. 가장 큰 문제는 배차 시간.

그 들쑥날쑥한 배차 시간 때문에 얼마나 스트레스를 받았는지…….

결국 내가 스스로 나서기로 마음먹었다. 가까운 거리에서 오는 주문은 걷거나 자전거로 직접 가져갔다. 오랜 고민 끝에 전기오토바이도 한 대 구입하여 기동력을 발휘했다. 그렇다고 배달 대행사를 끊었느냐 하면 그건 아니다. 여전히 배달 대행사를 이용하지만 평균적으로 하루에 두세 건은 직접 배달에 나선다. 그리고 배달을 가기 위해서 오토바이를 타고 달릴 때면 가끔 예전의 우리 가족이 생각나 피식 웃음이 난다.


부모님이 치킨집을 운영할 무렵, 나는 음악 작업을 핑계로 작업실을 오가며 집에 붙어 있는 시간이 적었다. 그럼에도 틈이 날 때마다 가게에 나가 일을 도왔다. 부모님이 늘 가게에 계셨으니 부모님을 뵈려면 자연스레 가게로 가야 했고, 용돈이라도 받으려면 열심히 가게 일을 돕는 척이라도 해야 했기 때문이다. 물론 치킨을 좋아한 이유가 가장 컸지만.

나의 소소하지만 강력한 브랜드 분석이 큰 몫을 하여 우리 치킨집은 제법 장사가 잘됐다. 장사가 잘되니 가게는 바쁘고 정신 없이 돌아갔다. 다만 그 바쁜 와중에 절대 허투루 할 수 없는 가게 일이 있었으니, 바로 닭을 손질해서 소분해놓는 작업이다. 꼭 해야 하는 일이지만 정말로 하기 싫은 일이었다. 어린 마음에 나는 다른 쉬운 일을 먼저 찾아 하며 그 일을 피하기도 했지만, 부모님이 유독 피곤해 보이는 날이면 먼저 나서서 도와드리기도 했다. 반면 포스 앞에서 전화로 주문받는 건 가게 일 중 제일 수월했고, 금방 배웠으며, 적성에도 잘 맞았다. 하지만 가게 일 중에서 무엇이 가장 좋았느냐고 묻는다면 단연코 배달이다. 어려서부터 게임을 아주 좋아해서 전공도 게임 관련학과를 택했던 나는 배달이 게임과 묘하게 닮아 있음을 깨달았다. 롤플레잉 게임을 하면 다양한 임무, 즉 '퀘스트'라는 것들이 주어지는데 배달은 주인공이 퀘스트를 해결하러 돌아다니는 것과 비슷한 정도의 재미를 느끼게 했다. 스마트폰이나 내비게이션, 선결제도 없던 시절이다. 그렇게 열악한 상황에서 작은 오토바이를 타고 모험을 떠나 음식을 기다리는 손님을 찾아 한 건 한 건 신속하게 배달을 하여 퀘스트를 완료하는 느낌이란! 물론 오토바이를 타고 달리는 재미는 말할 것도 없고.

우리 가게엔 오토바이가 두 대 있었는데, 배달을 오가는 길에 오토바이들끼리 서로 지나치는 일이 종종 있었다. 그날도 그랬다.


그날은 앞이 잘 보이지 않을 정도도 비가 많이 내렸다. 빗속을 헤치며 치킨을 배달하고 돌아오는 도중, 저 멀리서 익숙한 오토바이와 배달통이 보였다. 큼지막한 빨간색 BBQ 통이었고, 운전을 하는 사람은 배달을 가시던 아버지였다. 아버지와 거리는 점점 가까워지고, 나는 눈인사라도 하려고 아버지를 바라봤다.

비 때문에 시야가 안 좋아서 그랬겠지만 아버지는 인상을 잔뜩 찌푸리고 계셨다. 어깨를 움츠리고, 헬멧과 비옷이 무색하게 온몸으로 빗줄기를 받아내는 아버지의 모습은 굉장히 작아 보였다.

아, 저게 자영업이고 생존이며 가장의 책임감이구나.

나는 여전히 배달을 좋아한다. 그래서 가게를 혼자 지켜야 할 때가 아니면 무조건 직접 배달에 나선다. 음료 배달의 생명은 음료의 신선함(온도 유지)인데, 내가 직접 배달을 가면 십 분 내에 배달을 마칠 수가 있다. 그만큼 손님의 만족도가 높아지는 건 물론이고. 진짜다. 한 번에 한 집만 간다고 홍보하는 전문업체보다 두 배 이상 빠르게 갈 수 있다. 매장 주문이 좀 밀려 있더라도 출발 직전에 음료를 만들어 나가기 때문에 늘 신선한 상태로 배달을 완수한다. 예전과 달리 선결제 비대면 배달이 대부분이라 퀘스트 보상을 받지 못하는 약간의 아쉬움은 있지만.

아주 가끔이지만 비가 내리거나 기온이 몹시 낮은 한겨울에는 배달이 가기 싫은 순간도 있다. 하지만 그때마다 저 멀리서 아버지가 비옷을 입고 배달을 가던 모습이 떠오른다. 퍼뜩 정신이 든 나는 비옷을 꺼내고 오토바이 시동을 켠다.

나는 자영업자다. 나는 나의 '배달 퀘스트'를 신속하고 따뜻하게 지켜낼 의무가 있다. 내 아버지가 그랬던 것처럼.

더도 말고 한가위만 같았으면

우리 카페는 상대적으로 성수기 비수기의 차이가 적고 매출이 일정한 편인데, 그럼에도 장사가 잘되는 날과 장사가 안되는 날이 있다. 하루의 매출을 결정하는 요인들은 너무나 다양해서 예측하기 힘들지만, 대체로 날씨와 계절의 영향을 많이 받는다. 그래서인지 장사를 시작하고 반드시 한 주의 일기예보를 체크하는 습관이 생겼다. 그리고 글을 쓰고 있는 지금, 다음 주의 날씨를 확인하려다보니 어느덧 추석 연휴가 코앞으로 다가왔다.

추석 연휴라……

그럼 추석 연휴는 어떨까? 아니, 명절 연휴에는 장사가 잘될까?

답은 그렇다. 그냥 그렇다가 아니라 일 년 중에 가장 많이 파는 시즌이다.

우리 가게는 연중무휴다. 나는 지금까지 명절 당일에 쉬어본 적이 한 번도 없다. 그리하여 우리 가게 명절 매출의 긴 역사를 빠짐없이 기억하고 있다. 창업 초반에는 오히려 매출이 적었던 걸로 기억한다. 손님도 평소보다 훨씬 적고, 창밖을 내다보면 유동인구나 유동차량도 평소보다 확연히 없어 보였다. 하지만 창업 이 년차, 삼 년차쯤 되면서 명절에 바빠지기 시작했다. 그때부터 명절의 우리 매장은 가히 전쟁터를 방불케 했다. 설날 연휴도 매출이 좋았지만 추석이 더 좋았다. 믿을 수 없겠지만 추석 당일은 정말 최고다.

연중무휴로 계속 영업해온 덕택일까? 아니면 프랜차이즈 카페는 쉬지 않는다는 강력한 믿음 때문일까? 명절 연휴 내내 비좁은 가게를 가득 메워주시는 고마운 손님들이 아침부터 저녁 즈음까지 쉴 새 없이 이어진다. 대부분이 테이크아웃 손님들이다. 하루 전체 매출을 하루에 계산한 총 개수로 나누는 '객단가'라는 게 있다. 쉽게 말해서 손님이 한 번에 결제하는 평균 금액이다. 명절에는 객단가가 평소의 두 배까지 올라간다. 한번 주문할 때 평균 넉 잔 정도를 구매하시는 덕이다. 주로 성인 부부나 형제들이 들어오셔서 '아버님은 뭐 드신대?' '고모부는?' 하면서 온 집안 식구 음료들을 다 사가는 모습이 자영업자의 눈에는 그렇게 아름다워 보일 수가 없다. 우리는 지체없이 최대한 빨리, 그리고 정확하게 만들어서 포장해드린다. 음료가 나왔다고 알려드리면 몇몇 분들은 그 신속함에 약간 아쉬운 눈빛을 보이기도 한다. 아마도 커피를 사온다며 시끌벅적한 곳을 떠나 천천히 바깥 바람을 쐬고 싶었으리라.

이 비합리적인 현상을 금방 눈치챈 나는 다음 주문은 최대한 천천히 만들어야겠다고 다짐한다. 하지만 밀려드는 다음 손님들에 치여 정말 죄송하게도 지키지 못할 다짐이 되고 만다.


코로나 바이러스 이후로 배달 산업이 급격하게 성장했다. 이제는 처음 가는 생소한 지역에서도 국민 대다수가 손쉽게 배달 앱으로 주문이 가능한 시대가 되었다. 그 때문인지 올 추석에는 배달 주문이 많았고, 매장에 들러서 포장해가시는 감사한 손님들도 많았다. 삼삼오오 모여 가게 문을 열고 들어오는 손님들을 맞으며 추석 연휴에 일을 하다 보면 아주 가끔 이런 생각도 한다.

나도 휴일에 쉬고 싶다.
나도 내년에 빨간 날이 몇 개인지 손가락으로 세어
보면서 기뻐하고 싶다.

아마도 당분간은 절대 이뤄질 수 없는 꿈을 꾸는 순간, 또 손님이 들어온다. 이렇게 바쁘게 추석 당일을 마감하고 매출현황을 보면 한 번쯤은 명절에 쉬고 싶다는 바람을 까맣게 잊어버린다. 그리고 다른 바람을 품기 시작한다.

더도 말고 덜도 말고, 꼭 한가위만 같았으면!

청포와 코로나

첫 카페를 시작한 지 십 년, 나는 그동안 세 번의 창업과 두 번의 폐업을 경험했다. 2020년 초에는 코로나 바이러스가 세상을 휩쓸었고, 두 번째 폐업의 상처는 아직도 아물지 않았다. 그러나 줄곧 늘어나기만 할 것처럼 보이던 국내 일일 확진자 수가 2020년 여름부터 점점 줄어들더니 이내 한 자릿수까지 떨어졌다. 사람들 사이에서 슬금슬금 희망이 피어났다. 물론 나도 그랬다.

일찌감치 폐업을 선언한 소상공인들의 빈자리가 서울의 유명 상권들 곳곳에 흉터처럼 남아 있었고, 홍대 상권 역시 마찬가지였다. 둔디야 만화카페의 상실감도 얼른 극복하고 싶었던 나는 어렸을 때부터 줄곧 장사를 해보고 싶었던 장소인 홍대로 향했다. 실내포차 창업 회의를 하기 위해서였다.

이 시국에 웬 포차냐고 할 수도 있겠지만 나는 팬데믹이 종식되면 내수경제가 활성화될 것이라 전망했다. 그러니 그 자리를 선점하기 위해서는 지금부터 창업에 투자해야 한다고 판단했다.

　당시 우리나라는 'K-방역'의 위대함에 빠져 있었다. 나는 길어도 반년 안에는 전염병이 사그라들 것이라고 믿었다. 카페만 오래한 내게 실내포차 창업이란 꽤나 낯선 일이었지만 든든한 동업자들이 있었기에 결심을 굳힐 수 있었다.

　동업자 중의 대장은 K다. 힙합신<sup>scene</sup>에서 꽤 유명한 DJ로 활동 중인 그는 사실 자영업자로서 잔뼈가 굵었다. 수완도 뛰어나 홍대 상권에서 공연장과 레스토랑 등을 오랫동안 운영해왔고, 자신의 특기를 살려 오픈한 클럽은 홍대의 명소로 꼽힐 정도였다. 클럽이 호황을 이루자 K는 클럽과 시너지 효과를 일으킬 실내포차 창업을 기획했고, 함께할 동업자들을 모집했다. 그리하여 그의 클럽에서 함께 일하는 S와 H, 이렇게 셋이서 실내포차 창업을 준비하고 있었는데 우연찮은 기회에 내가 끼게 되었다. 마지막으로 유명 랩퍼 O까지 합류하며 실내포차 '청포'는 용감하게도 팬데믹의 한가운데에서 문을 열었다.

　가게 인테리어 공사는 나와 O를 제외한 홍대 3인방의 주도하에 일사천리로 진행됐다. 이들은 적은 돈으로 최고의 가성비를 내려고 최선을 다했다. 몇 번의 창업 경험 덕분에 아는 거래처들이 꽤 있었지만 더 저렴한 구매처를 찾기 위해 발품을 파는 그들의 모습에서 나는 잊고 있었던 열정을 느꼈다. 비용을 아끼기 위해 간단한 작업들은 직접 해냈고, 나와 랩퍼 O도 시간이 날 때마다 방문해서 설레는 오픈 준비 작업을 함께했다. 가게가 어느 정도 모양이 갖추어지자 우리는 안주 테이스팅 모임을 몇 차례 가졌다. 모든 안주를 평범하지만 특색 있게 구성했고, 가격은 무조건 저렴하게 책정했다. 사실 내가 생각했던 청포의 마케팅 전략은 이랬다.

　첫째, 저렴한 가격. 청포는 외관부터 눈부시게 화려하다. 대형 샹들리에를 밖에서도 잘 보이도록 큰 창문 안에 설치하고 앤티크 가구들을 들여놓아 고급 레스토랑의 분위기를 자아냈다. 그러나 고급스러운 분위기를 배신한 저렴한 가격은 청포의 필승 전략이다.

둘째, 클럽과의 연계 마케팅. DJ K가 운영하는 클럽과의 제휴 마케팅을 통해서 방문객들에게 더블 서비스를 제공했다. 이 부분은 둔디야 만화카페의 마케팅 전략과 굉장히 비슷하다.

셋째, 인플루언서이자 유명한 랩퍼 O의 지속적인 SNS 마케팅. 그는 오픈 전부터 SNS를 통하여 젊은 층의 관심을 이끌어냈고, 그 덕분에 지속적으로 유명인들이 가게를 방문해서 SNS로 홍보를 해주었다.

그렇게 2020년 9월 청포는 화려하게 영업을 시작했고, 손님들이 밀려들기 시작했다. 나는 이디야커피 가게를 마감하고 종종 홍대로 넘어갔다. 가게의 운영적인 부분들은 동업자들에게 일임한 상태라 내가 할 수 있는 일은 별로 없었다. 포스에서 계산을 하거나 술을 가져다주는 일, 나간 테이블을 치우는 일, 그리고 간단한 안주 메뉴(주로 크로플)를 만드는 정도였다. 하지만 주말에는 그마저도 할 수 없었다. 손님이 너무 많았기 때문이다. 가게는 초저녁부터 만석이 되었고, 나는 입구에서 손님들의 전화번호를 적으며 언제 날지 모르는 자리가 금방 난다며 다독이고, 자리가 나는 대로 전화드리겠다며 최대한 친절하게 돌려보내는 일만으로도 힘에 부쳤다. 폭풍 같은 손님들이 지나가면 우리는 안주 조리 과정의 실수나 생각보다 빨리 동나버린 재료들, 아직은 익숙하지 않아서 생기는 서빙의 불안함 등을 주고받으며 고치고 보완할 점을 찾기 위한 회의를 했다. 가게 매출은 꾸준히 올랐고, 오픈한 다음 달인 10월 말 핼러윈에는 최고 매출을 달성했다. 하지만 그로부터 일 년이 넘은 지금까지 그날의 매출 기록은 깨지지 않았다. 2020년 핼러윈 이후로 국내 일일 확진자 수가 급격하게 증가해서 정부가 특단의 조치를 취했기 때문이다. 바로 '시간제한'이다.

'시간제한'이라는 조치를 취할 줄은 꿈에도 몰랐

다. 우리는 바로 긴급 회의를 열었다. 너무나 큰 충격에 다들 말을 잇지 못했다. 연말이 대목인데 어쩌냐, 이제 막 시작했는데 이럴 수가 있냐, 밤에 오는 손님들이 대부분인데 몇 주 동안 장사를 못하면 어떡하냐 등등 넋두리를 늘어놓았다. 울며 겨자 먹기로 처음에는 낮에 오는 손님을 잡아보려 가게 문을 일찍 열어봤으나 되레 인건비만 나갔다. 결국 영업시간을 조정했다. 6시부터 9시까지로. 자연스럽게 매출은 반의 반토막이 나기 시작했다. 나의 동업자들이 일하는 클럽도 영업을 못하게 된 상황이라 그들은 생계를 유지하려 배달 대행 아르바이트를 병행했다. 곧 사회는 자영업자들을 걱정해주기 시작했다. 아니, 하루이틀도 아니고 몇 주를 어떡하냐, 장사를 못하는데 임대료는 어떻게 내겠냐는 등 건물주들에게 착한 임대인이 될 것을 강요하며 공격하는 사람들도 있었다. 하지만 이때 그 누가 알 수 있었을까. 사회적 거리두기로 인한 영업시간 제한이 무려 일 년이나 더 연장될 줄을.

몇 주만 참으면 끝날 거라 기대하면서도 우리에게 엄청나게 큰 충격과 고통을 준 시간제한은 그로부터 일 년이 넘게 지속되었다. 그 시간이 얼마나 지옥 같던지. 그러나 시간이 지날수록 사람들은 제한된 상황에 차차 적응해나갔고, 우리처럼 저녁 장사를 하는 자영업자들은 시간이 지날수록 괴로워졌다. 월 임대료의 5분의 1도 충당하지 못하는 정부의 보상금으로는 점점 커져가는 적자의 폭을 전혀 메울 수 없었다. 만일 내가 청포를 하지 않고 이디야커피만 운영했다면 어땠을까? 아마 그들이 느끼는 고통을 이해하지 못하고 외면했을 것 같다. 아침 장사도 하고, 점심 장사도 하는 카페 자영업자는 상상할 수조차 없는 고통이니까.

이제 너무나 당연한 일상이 되어버린 시간제한. 사회는 여전히 자영업자들을 걱정해주지만 예전처럼 호들갑을 떨지는 않는다. 당연하다. 같은 자영업자인 나조차도 끝없는 반복 앞에 조금씩 무뎌졌다. 그럼에도 내가 지금 할 수 있는 건 하루 빨리 시간제한이 풀

리길 바란다. 이제는 당연한 일상이 되어버린 시간제한 앞에서 무력하게 오늘도 가게 문을 열어야 하는 동네 호프집이나 실내포차, 그들이 정상적으로 장사를 할 수 있게 되길 간절하게 바라는 것, 그저 그뿐이다.

2021년 12월, 나는 오랜만에 청포 회의를 하러 홍대에 간다. 정부가 '일상회복'을 선언하며 일 년여 만에 시간제한을 해제한 지 얼마 되지 않아 다시 시간제한을 한다고 선언했기 때문이다. 우리는 그 긴 시간 동안 대출을 받으며 버텨왔다. 시간제한이 해제되고 전염병이 종식되면 가게는 예전처럼 보란듯이 잘될 거란 확신이 있었다. 하지만 연말을 앞두고 우리는 작년과 똑같은 불평을 하고 있다. 이번에는 이 주 조금 넘게 할 예정이라지만, 그 짧은 기간이 지나고 나서 또 전처럼 다시 연장될까 봐 너무 두렵다. 아마 나와 함께 회의를 하는 내 동업자들도 마찬가지일 거다. 그러나 두 시간이 넘도록 여러 가지 이야기를 나누면서 아무도 시간제한이 연장될 수 있다는 얘기는 꺼내지 않았다.

작년과는 다르다. 우리는 벼랑 끝에 서 있다. 이 이상 연장된다면 우리는 더 이상 버티지 못할 것임을 말하지 않아도 서로가 잘 알고 있다. 우리는 작년처럼 영업시간 조정, 메뉴 조정, 영업을 하는 요일 조정 등의 안건을 상의했다.

나의 든든한 동업자들, 매일 자영업 전선에 살고 있으며 산전수전 다 겪은 나의 청포 친구들은 사실 나보다 평균 열 살이 어린 동생들이다. 회의가 끝나고 무거운 얼굴로 앉아 있는 동생들 표정이 왠지 안쓰럽게 느껴졌다. 나는 그들 한 명 한 명에게 물어보았다. 자영업이 힘들지 않느냐고, 만약 취직할 수 있는 기회가 오면 자영업 그만하고 취직하고 싶지 않느냐고.

나의 걱정과 달리 그들의 답은 무척 심플했다. 어렸을 때부터 자영업만 생각했기 때문에 취직엔 관심이 없다고, 지금도 그랬고 앞으로도 영원히 자영업자로 살 거라고, 우리 가게도 분명히 살릴 수 있을 거라고. 아니, 꼭 살려낼 거라고. 다만 아쉬운 건 자신들의 방법이 틀린 거라면 죽을 노력을 다해서 고칠 수 있는데 자신들이 노력할 수 없는 부분이라 너무 힘이 든다고. 그 때문에 너무너무 힘이 든다고.

부정적인 대답을 예상했던 나에게 들려준 그들의 대답에 나는 아무런 말도 더할 수가 없었다. 자신들이 택한 길에 대한 확고한 신념과 흔들림 없는 믿음이 담겨 있었기 때문이다.

회의가 끝나고 집으로 돌아오는 길, 나는 청포의 동생들처럼 패기와 열정으로 가득했던 옛 시절이 떠올랐다.

지금 나는 그들과 같은 열정으로 노력하고 있을까? 주어진 현실에 굴복하고, 주변 상황만을 탓하며 희망을 반납하고 있는 건 아닐까? 실은 부정적인 마음이 스스로에게 보이지 않는 규제를 만들고 있었던 건 아닐까?

그래, 내일은 출근해서 보란듯이 활기차게 일해야
겠다.

그럼에도 불구하고

많은 사람들이 일본을 '자영업의 나라'라고 부른다. 실제로 일본의 여러 도시를 다녀보면 업종을 불문하고 개성 있는 점포들이 자주 눈에 띈다. 우리나라처럼 프랜차이즈 음식점들도 많지만 특색 있는 개인 가게들도 어렵지 않게 볼 수 있다. 이른바 '노포'라고 불리는 오래된 점포들도 매우 많고, 그중에는 대를 이어 가업이 된 음식점도 꽤 많다고 한다. 가게를 운영하는 입장에서 역사가 있는 가게들을 볼 때면 부러움을 숨길 수 없지만, 그것이 내가 생각하는 이상적인 자영업의 형태와 반드시 일치하지는 않는다. 그럼에도 일본인 특유의 '장인 정신'으로 자신의 일터를 오랫동안 꾸려가는 모습은 수많은 자영업자들의 롤모델일 것이다.

우리나라 외식업계는 유행에 민감하다. 카페업종은 더욱 그렇다. 일이 년 사이에도 몇 번씩 유행이 바뀐다. 새로 유행하는 음료나 디저트의 이름을 발음하는 일도 어려워진다. 한 브랜드가 저렴한 커피 가격을 내세우며 인기를 끌면 그 뒤로 수십 개의 브랜드가 더 저렴한 가격과 공격적인 경쟁 점포 확장 전략으로 치고 들어오는 식이다. 현장에서 이 모든 것을 봐온 사람으로서 말하자면 카페 자영업이란 매일매일 서로를 죽고 죽이는 치열한 전쟁터나 다름없다. 다행히도 나의 가게는 이 소리 없는 전쟁의 한가운데에서 최소한 지금까지는 살아남았다. 일반 식당 기준으로 보면 턱도 없겠지만 프랜차이즈 카페로는 어느새 노포 카페가 되어버린 이디야커피 둔촌점. 이 책의 마지막을 빌려 나의 소중한 가게에게 몇 마디 전하고 싶다.

이디야커피 둔촌점에게,

우선 살아남느라 수고했다.

기억하니? 네가 탄생한 뒤로 주변 500미터 이내에
무려 쉰 개가 넘는 너의 경쟁자가 태어났던 것을.
아쉽게도 그중 절반은 지금까지 살아남지 못했지만
말이야. 매일매일이 기회이자 위기인 자영업 전쟁
속에서 너는 매일같이 그 자리를 꿋꿋하게 지켜냈어.
정말로 고생 많았다.

미스터도넛도 로티보이도 물리쳤던 기세등등한 너에
게도 위기는 셀 수 없이 찾아왔었지. 멀지 않은 곳에
다른 이디야커피들이 하나둘 생겨나기도 하고,
저가 커피가 대세라며 쥬씨와 빽다방이 동시에
점포를 열기도 하고, 인스타그램에 나올 법한
멋진 개인 카페들이 생기고, 길 건너에 맥도날드가
크게 오픈하며 공짜로 커피를 나눠주는 행사를 열고,
가게 앞 대단지 아파트가 재개발되며 주민들이

떠나기도 했어. 심지어는 전 세계적인 펜데믹으로
영업시간에 제한이 걸렸을 때에도 너는 아무렇지
않은 듯 잘 견뎌내주었다.

알고 있니? 너의 생존은 사실 수많은 단골손님들
덕분이란다. 그들에게는 아무리 감사해도 모자라지.
그들 없이 우리는 존재할 수 없으니까 말이야.

단골손님 얘기가 나와서 하는 말인데, 새로 생긴
경쟁업체에 뺏기지 않으려고 아등바등 최선을 다해서
유치했던 그 수많은 단골손님도 사실은 영원하지
않았단다. 시간이 흘러 늘 찾아주던 손님들이
이사를 가기도 하고 회사원 손님들이 이직 혹은
퇴사를 하곤 했거든. 하지만 헤어짐이 있으면 만남도
있는 법. 옛 단골이 떠난 자리는 어느새 새로운
단골로 채워지고, 그렇게 장사는 계속되더라.

사실 나는 기억력이 꽤 좋은 편이라 예전의 손님들을
가끔 생각하곤 해.

아무튼 단골손님들, 아니 너를 방문해주시는 모든

손님들은 정말 고마운 존재인 걸 잊으면 안 돼.

새로운 가게가 생겨도, 날씨가 궂어도 우리를

잊지 않고 찾아주었으니까.

요새 네가 많이 힘든 건 잘 알고 있다. 인기가 예전

같지 않은 것도, 주변에 예쁘고 멋진 새로운 카페들이

너무 많이 생긴 것도 안다. 하지만 걱정 마라. 그동안

닥친 수도 없는 위기 앞에서도 너는 단 한 번도 굴복

하거나 포기하지 않고 이겨내왔다. 포기하지 않고

최선을 다하면 손님들은 진심을 알아주신다.

그렇게 극복하지 못한 위기는 없었다는 것.

이것이야말로 역사이고 사실이다. 늘 그래왔듯

이디야커피 둔촌점 직원들은 너의 생존을 위하여,

우리의 고마운 손님들에게 정성을 다할 거야.

내가 사랑하는 나의 분신, 다시 한번 말하지만

그동안 고마웠고, 정말정말 수고가 많았다.

그리고 물론, 앞으로도 잘 부탁한다.

우리의 전쟁은 아직 끝나지 않았으니깐.

002
**피땀**
**눈물**
**자영업자**

1판 1쇄 인쇄 2022년 2월 20일
1판 1쇄 발행 2022년 2월 25일
글 이기혁
펴낸이 김서윤 • 편집장 한귀숙 • 디자인 지은이
펴낸곳 상도북스 | 출판등록 2020년 12월 08일(제2020-000076호)
주소 서울시 동작구 상도로47나길 5, 101호
전화 02)942-0412 | 팩스 02)6455-0412
전자우편 sangdobooks@gmail.com
인스타그램 instagram.com/sangdobooks
ISBN 979-11-976181-1-6 03810